OÙ VONT LES LARMES QUAND ELLES SÈCHENT

L'Iconoclaste,
26, rue Jacob, 75006 Paris
Tél. : 01 42 17 47 80
iconoclaste@editions-iconoclaste.fr
www.editions-iconoclaste.fr

BAPTISTE
BEAULIEU

OÙ VONT LES LARMES QUAND ELLES SÈCHENT

L'ICONOCLASTE

Pour Sophie de Sivry

Ce qu'il faut, c'est qu'on soit naturel et calme
Dans le bonheur comme dans le malheur,
[…]
Et, à l'article de la mort,
Se souvenir que le jour meurt,
Que le couchant est beau, et belle
la nuit qui demeure.
Puisqu'il en est ainsi, ainsi soit-il…

Fernando Pessoa, *Le Gardeur de troupeaux et les autres poèmes d'Alberto Caeiro – Poésies d'Alvaro de Campos,* traduit du portugais et préfacé par Armand Guibert, « Poésie », Gallimard, 1987.

C'est un petit cabinet médical. On y accède après avoir traversé un couloir en crépi beige, très beige, puis longé un patio fleuri, très fleuri. Parfois, ça sent les fleurs séchées, parfois rien du tout.

Treize chaises grises et noires vous attendent dans une salle d'attente qui ne paie pas de mine.

Il n'y a pas de journaux à feuilleter, car ce ne serait pas hygiénique. Certains patientent avec un livre. Le plus souvent, avec leur téléphone portable. D'autres – je le sais, je surprends des regards – poireautent en se demandant pourquoi leurs voisins de chaise sont là, si c'est grave, s'ils ont pleuré, si c'est une simple conjonctivite ou s'ils vont bientôt mourir.

Ce cube aux murs blancs, où le silence règne, est idéal pour échafauder des hypothèses. Est-ce que le vieux croulant va s'effondrer sur le carrelage beige, la main crispée sur la poitrine ? Le médecin va-t-il sauver quelqu'un aujourd'hui ? Pas certain. Ce que je peux promettre, en revanche, c'est de les écouter attentivement.

J'ouvre la porte, la salle d'attente est pleine et je le vois, lui, M. Abaoud, déjà debout, avec ses habits de chantier et ses chaussures de sécurité à coque. Je pensais qu'il ne reviendrait jamais. Qu'il avait quitté la ville ou qu'il était mort.

– Ah, monsieur Abaoud ! Ça fait longtemps !

J'ai rejoint ce cabinet il y a trois ans et vu M. Abaoud régulièrement à l'époque, puis d'un coup il a disparu des radars. J'ai reçu, il y a quelques mois, un coup de fil d'une pharmacie qui le suspectait d'avoir falsifié une ordonnance. J'ai hésité à confirmer. Il risquait plusieurs années de taule avec cette histoire-là !

– Alors ? Vous étiez passé où ? Je me demandais parfois : tiens, il devient quoi, M. Abaoud !?

– J'étais en prison, docteur.

Voilà ce qui s'appelle mettre les pieds dans le plat.

– Qu'est-ce qui s'est passé pour que vous atterrissiez là-bas ?

Il sourit, fait mine de boxer dans le vide, au-dessus de mon bureau.

– La bagarre, la bagarre, docteur Jean !

Je n'arrive pas à m'empêcher de sourire.

– Et alors ? Vous l'avez gagnée, cette bagarre ?

– Je ne serais pas allé en prison sinon !

Ça tombe sous le sens. Je reprends un air sérieux.

– Vous savez que je suis au courant ? Pour la falsification de l'ordonnance ? C'est grave, ce que vous avez fait.

– Ah ? Je suis désolé, docteur.

– Pas autant que moi. Ça s'appelle faux et usage de faux.

J'en ai gros sur la patate, comme on dit. Mais ce n'est pas le pire.

– Vous avez falsifié mon ordonnance et, en la réécrivant, vous avez mis des ronds sur les i. Je ne mets plus de ronds sur les i depuis le CM2 ! Je passe pour qui, moi ?

Il rit, tendu, et tente :

– La prochaine fois, je ferai attention !

– Il n'y aura pas de prochaine fois. Je ne peux pas continuer à soigner quelqu'un qui a trahi ma confiance.

– C’est ce que je me suis dit quand la pharmacie m’a prévenu que vous étiez au courant.

– Pardon, attendez, vous saviez que je savais ?

– Oui, docteur.

– Et vous êtes venu malgré tout ?!

– Ben oui, vous êtes un super docteur.

– Mais moi, à votre place, j’aurais tellement honte que je n’aurais jamais remis un pied chez mon médecin ! J’aurais changé de ville pour ne jamais avoir à le croiser ! De pays, même !

Il soulève son pantalon, me montre sa cheville, son bracelet électronique.

– Impossible, docteur : ils m’ont collé ça en zonzon.

Je souffle fort.

– Vous veniez pour quoi ?

– Pour faire renouveler mon ordonnance.

– L’ordonnance que vous avez falsifiée, vous voulez dire ?

– Oui, c’est ça.

Le culot du gars !

– Désolé, il va falloir aller consulter quelqu’un d’autre.

Il se lève, déçu, mais pointe néanmoins son oreille droite.

– Pouvez pas jeter un petit coup d'œil là-dedans quand même, doc? J'entends plus rien, je crois bien que j'ai un gros bouchon.

Qu'est-ce que vous voulez que je fasse?

Je n'ai pas résisté. Je lui ai enlevé son bouchon de cérumen puis je l'ai foutu à la porte.

Dans le fond de la salle d'attente, les toilettes du cabinet. Elles sont propres le matin, toujours très sales le soir. Tout ce qui a pu être volé en salle d'attente a été volé. Le papier hygiénique aussi, mais je peux le comprendre – c'était du triple épaisseur, molletonné, super absorbant. Qui pourrait résister? Si un patient ne l'avait pas dérobé, je l'aurais fait. Récemment, on m'a même subtilisé la lunette de la cuvette. Un jour viendra – je prends les paris – où on me fauchera les clefs des waters, et je serai obligé de scotcher un papier sur la porte: «Clef volée. Pas de verrou. Frappez avant d'entrer pour vérifier si c'est libre».

Parfois, le vendredi soir, quand j'ai terminé ma semaine, je m'assois sur un petit banc en fer forgé dans le patio. Le banc, lui, est toujours là. Trop lourd pour intéresser quelqu'un. Il y a aussi une poubelle qui déborde de mégots et je fume près d'elle, en pensant au nombre de patients qui sont passés par là. Aux corps, aussi. Les vieux, les jeunes, les tordus, les bien droits, les sportifs, ceux qui sont tout empêchés par les douleurs et les chagrins. Tous les corps. La nuit tombe, la fumée de ma clope monte au ciel. Il y a des marguerites dans un bac et à côté, dans un autre bac, des tulipes. Elles ont de l'eau, du vent, du soleil, elles poussent bien et n'ont pas l'air de beaucoup souffrir du malheur ambiant.

Pardon. Je m'aperçois que je ne me suis même pas présenté. Je m'appelle Jean, j'ai trente-six ans, je suis médecin de famille et je ne sais plus comment pleurer. Attendez, je ne me sens pas malheureux, je ne me sens pas heureux non plus, je me dis juste : « OK, mon gars, avance et fais comme d'habitude. » Vous comprenez ?

Si c'était vous le médecin et moi le patient, et pour peu que vous preniez le temps de jeter un coup d'œil à mon oreille avec un otoscope comme celui que j'ai utilisé pour M. Abaoud, vous les verriez peut-être, mes larmes, parce que c'est loin d'être vide à l'intérieur. Je me sens bien plus vaste à l'intérieur qu'à l'extérieur, attention, je parle d'un sentiment, pas d'un jugement physique, même si je suis pas mal enrobé dans mon genre, le genre grassouillet gourmand, merci Mme Chahid pour les makrouds aux amandes. Mais impossible de pleurer : les malheurs de mes patients m'obstruent les pipelines à chialeries.

Pourquoi me suis-je mis à tant aimer déboucher leurs oreilles ? Je m'exerce. En décongestionnant les conduits auditifs, je me prépare à décongestionner mes canaux lacrymaux. J'arriverai bien à pleurer, à la fin. À lâcher…

Ce que j'adore sortir des trucs du corps humain ! Tenez, les abcès. Comme je les aime, tous ces petits ambitieux qui ne demandent qu'à percer. Évacuer un bouchon de cérumen du cordon à musique constitue même la raison pour laquelle je me lève tous les jours. Promis, je n'exagère pas ! Extirper. Vider. Déloger. Nettoyer. Désobstruer. Et pour quoi ? Pour le plaisir de regarder le corps revenir à la normale. Le sentir sous mes mains retrouver son intégrité. Quel frisson délicieux !

Car notre ordinaire, à nous soignants, c'est l'échec. Une dépression, ça ne se videra jamais comme un abcès : « Je vais appuyer très fort ici, monsieur Soares, la tristesse va sortir, ça vient bien, je vois un peu de désespérance, j'appuie, encore, j'espère que ça ne fait pas mal ! »

Une polyarthrite, une fibromyalgie, un viol même, ça ne se vidange pas, ça ne s'extrait pas. « Matez-moi ce morceau, madame ! On l'a enfin eue, votre boulimie ! » Et, sous le regard dégoûté mais soulagé de la patiente, flanquer le tout à la boîte à ordures, enfermé dans un mouchoir. On ne peut pas mettre la schizophrénie à la poubelle. On ne peut pas rabattre le couvercle sur tout ce qui heurte, blesse, gonfle, irrite, gratte, coule trop, ne coule pas, s'enflamme, etc. Impossible. Sinon quelqu'un en aurait déjà fait un business, c'est certain. Et je ne serais pas devenu médecin mais « videur de gens », comme certains vident les truites. Quel chasseur se cache en moi ! Un trappeur, toujours en quête d'un furonculé ! D'un échardé ! D'un constipé ! À deux doigts de me poster au rayon jus de pruneau et Hépar du Casino pour distribuer mes cartes de visite ! J'aime les furoncles parce qu'ils me procurent une satisfaction immédiate, visible, palpable. Matérielle.

Je me sens soignant (et non plus un sublime imposteur) quand je vide du pus, évacue un bouchon de selles ou soulage un globe vésical. Je vous parle de cet instant précis où la personne soupire de soulagement : alors, alors seulement, il m'est enfin permis d'*espérer*. Si je pouvais, je déboucherais des oreilles toute la journée. Ça rend heureux et vivant. Une fois j'ai sorti un bouchon, il était très gros ! J'ai dit : « Félicitations, c'est une fille ! » Après, j'ai regardé l'autre oreille pour voir si c'était coup double : « Banco, ce sont des jumeaux ! 3 kilos 5 chacun ! De beaux bébés ! » La patiente a ri : « C'est incroyable, docteur, j'entends de nouveau ! »

Parfois les patients savent comment nous combler. Si vous trouvez que votre médecin de famille a l'air chagrin, arrêtez de vous laver les oreilles quelques mois. Faites-lui ce cadeau de se sentir utile. C'est peut-être trois fois rien, mais il aura le sentiment d'avoir accompli quelque chose dans sa journée.

Quelque chose de réel, de *tangible*.

Je me rappelle très bien quand ça m'est tombé dessus. Quand et comment les cordons de mes larmes se sont serrés trop fort, et ont sanglé mes sanglots… À cette époque, je ne suis pas encore médecin généraliste, mais interne à l'hôpital. Au SAMU. En province. Un grand département du Sud-Ouest. Avec des routes interminables.

Une mère épouvantée nous appelle :

– C'est mon fils, il a six ans, il convulse, je pense que c'est une crise d'épilepsie. Venez vite, s'il vous plaît, on est chemin de la Grive, au 42.

Le drame ? Elle se trompe d'adresse. 42 au lieu de 24, une erreur de rien du tout. On connaît tous notre adresse par cœur, pourtant.

Dans nos vies, y a ce nombre incalculable de minutes qui passent sans servir à rien, on les vit sans s'en rendre compte, mais d'un seul coup, BIM !

Avec le fourgon du SAMU on pourrait débarquer en six minutes, mais on en met douze.

C'est trop tard.

L'amour qu'elle porte à son enfant a brouillé son discernement, elle a interverti les chiffres. La vie ne devrait pas avoir le droit de te plumer comme ça. Être un gosse qui meurt parce que sa mère l'aime? Vous trouvez ça possible, vous? Acceptable? Alors on fait quoi sur le moment? Eh bien, on agit comme agirait n'importe qui à notre place.

On ment.

À la mère.

Droit dans les yeux.

– Mais qu'est-ce que vous avez foutu !! elle hurle. On s'excuse, on est allés le plus vite possible, avec « la sirène et tout », on a même « grillé les feux », « c'est vrai, madame, faut nous croire, mais les embouteillages, c'est redoutable », bla-bla-bla.

CO-NNE-RIES.

Il n'y a pas un chat sur la route ce jour-là. Mais on tourne, tourne, tourne. Pas de 42. Et pendant qu'on tourne la mère pleure, l'enfant convulse, la mère tape contre les murs à grands coups d'impuissance, et voilà : c'est réglé pour le gosse, c'est aussi con que ça. Désolé, je suis grossier. J'aime pas être grossier. Ce n'est pas parce qu'on utilise des abaisse-langues qu'on doit rabaisser la nôtre. Qu'est-ce que je ressens à ce moment ? Rien du tout, et c'est normal, je crois, parfois on ne sait plus comment se défendre contre la vie, et on ne devrait pas s'en vouloir : on fait ce qu'on peut avec nos digues personnelles, et parfois on est débordé – on est seulement humain.

On lui ment, à cause de son erreur sur le 4 et le 2. C'est du mensonge vertueux. Mais je ne pige pas pourquoi le gosse meurt pour six minutes qui ne devraient pas exister, pour une erreur évitable si la mère était moins mère, mais non, *il faut* qu'elle se trompe à cause de l'amour, à cause de tout ce qui fait qu'on est une maman pour un enfant.

Putain de merde.

Pardon.

Six minutes, c'est tout. Le temps qu'il faut au malheur pour poser ses valises chez vous. Peut-être qu'on aurait pu le sauver, peut-être pas. Ne pas savoir, c'est insupportable : on refait le film dans sa tête. Ça tourne, encore, encore et, chaque fois, tôt ou tard arrive cette version optimiste de l'histoire où l'enfant ne meurt pas, où il a la vie qu'il méritait.

Mais c'est faux, il est mort. On le sait bien. On le sait trop. On ne sait même plus *que* ça.

Tous les soignants sont confrontés un jour ou l'autre à la question du mal. Moi, ce fut ce jour-là. La question n'est pas : « Pourquoi y a-t-il quelque chose plutôt que rien* ? » Non, la vraie question, c'est bien : « Pourquoi y a-t-il le mal plutôt que rien ? » Pourquoi faut-il que la vie soit si souvent douloureuse pour tant d'entre nous ici-bas ?

Une vraie saleté, cette question. Même les béni-oui-oui l'évitent, ou alors ils pincent les lèvres, tergiversent, hésitent, lambinent et louvoient, du bla-bla-bla dans le vent, avec leur histoire comme quoi Dieu nous aime et nous a laissés libres, patati, patata.

---

* Après tout, il y a *quelque chose*, c'est indubitable. La preuve : vous lisez ces mots.

Libres de quoi ? D'aimer son gosse au point d'inverser un 4 et un 2 ? On le ramène sous assistance respiratoire. Pauvre gosse, pauvre petit frère. Le voilà sur son lit d'hôpital, branché de partout. Peut-être pense-t-il s'en sortir ? C'est qu'il est jeune, il ne sait sans doute même pas encore ce que c'est, la mort.

Cinq jours... Cinq jours à tâtonner dans le noir avant de s'échapper pour toujours.

On ne devrait pas mourir sans en avoir l'âge.

Pour moi, ce n'est plus possible après ça. Je prends vingt jours de congés, et *adios* la compagnie ! Je me barre. Oh, pas loin, mais ailleurs. C'est suffisant parfois, *ailleurs*. Cette histoire ne me laisse plus tranquille : le jour, la nuit, le gosse, la mère, ses cris de chien battu, et cette saleté de numéro à l'envers. Je décide de partir sur un coup de tête. À Rome. Vous connaissez l'Italie ? Je ne l'ai vue que dans des films, du coup, à cause de Federico Fellini et de tous ces menteurs de Cinecittà, je suis persuadé qu'il fait toujours beau en Italie ! Autant vous dire : débarquer à Rome, en plein mois de décembre, en short et en tongs, n'est pas la meilleure idée pour guérir. Il fait froid, oui, mais ce n'est pas l'hiver, non. C'est autre chose. Le temps du chagrin, peut-être.

Je ne crois pas qu'on puisse imaginer plus pathétique que moi, grelottant du côté de la Piazza Navona en attendant mes pâtes à la carbonara, avec ce fantôme de gosse qui me colle au train. Partout où je porte le regard, je le vois. Il est dans mon œil comme une poussière métallique. Même maintenant, dans mes souvenirs, Rome est tout épinglée par un petiot de six ans aux grands yeux de hibou accusateur, avec son teint de plâtre et son minuscule corps à la renverse.

Bref… Un froid, mais un froid! À faire péter les tuiles des toits. Le temps du chagrin, je vous dis. Je me souviens de mes cours de médecine, comme quoi on attrape la fièvre par les extrémités, mais c'est rigoureusement faux: je vais mal, très mal, et ce n'est pas par les extrémités qu'elle arrive, ma pneumonie, c'est par le cœur. Ça prend toute la place parfois, le cœur. Saleté de cœur!

Je ne tergiverse pas: il faut entrer dans la première friperie venue (c'est ça ou la mort, et pour ce qui est de la mort j'ai déjà donné merci et au revoir madame). PAF ! Je tombe sur une peau retournée, bien épaisse, bien moelleuse, douce comme un sein de femme, incroyable, un truc dément, ce genre de fringue qui te renvoie de la chaleur et un quelque chose en plus, peut-être même de la force pour surmonter ton deuil.

Cinquante balles, pas cher pour réchauffer mon gros chagrin. Vas-y, belette, achète ! Du coup, un peu que je la porte, ma peau retournée de seconde main ! Je la porte dehors, je la porte dedans, je la porte le jour, je la porte la nuit, un vrai prince de Russie, je dors avec dans mon lit, à l'hôtel tout froid et pas cher où on oublie que les enfants meurent aussi. Elle est comme un cocon tout chaud, je n'en reviens pas, qui peut vous offrir autant pour un billet de cinquante ? La chance ! Mais l'histoire ne s'arrête pas là… Trois jours après, sous la douche, POC !, je surprends un animalcule qui saute entre les poils de mon torse, et quand j'inspecte d'un peu plus près : pouah ! L'horreur ! Des mini-cafards, des puces, des micro-punaises, que sais-je, une ménagerie infernale, qui se promène et me suce les sangs, entre les poils du torse, sur le crâne et plus bas, c'est horrible. Ça me démange du cœur aux couilles…

Ni une ni deux, j'attrape ma bonne fée la peau retournée, et quand j'écarte les poils de sa doublure intérieure, Marie Jésus Joseph ! Trahison ! Ce que j'ai pris pour une alliée est une usine à morpions ! Ça grouille d'une vie intense, là-dedans. Un vrai zoo ! Finalement, j'ai jamais été seul à déambuler dans Rome en me caillant les meules. Non, j'avais Simon le Morpion, Blaise la Punaise et Marcus la Puce avec moi. C'est moins glauque que ça n'en avait l'air, l'Italie : j'aurais pu être seul avec le fantôme du gosse ! Là, on était plusieurs milliers à se balader, presque une ville en soi, main dans la main avec le fantôme. Vous imaginez le romanesque de la situation…

Double peine : tu ne sais plus pourquoi tu dois vivre dans un monde où l'amour peut tuer un gosse, et en plus tu te retrouves à servir de Courtepaille à une tribu de morbaks affamés. Buffet à volonté ! Dieu n'existe pas, pas plus que les vraies bonnes affaires ! La vie ne fait pas de cadeaux, ou alors ils sont toujours un peu empoisonnés.

Revenons à nos morpions. N'oubliant pas d'être à moi-même le médecin qu'il me faut, je manœuvre tout comme je le conseillerais à un patient : d'abord, les gazer tous. J'adore l'odeur du butoxyde de pipéronyle le matin au petit déjeuner… Ensuite je me rase de la tête aux pieds, le crâne le pubis le torse, et je finis nu comme un ver, tel un bébé belette. La dernière fois que j'étais glabre comme ça, ma mère arrivait à terme. Il reste une photo de moi à Rome sans un poil sur la couenne. Je la garde précieusement, sans bien savoir pourquoi. Faut pas oublier trop vite ces moments-là dans une vie d'homme.

C'est le destin. Une manière de me dire : est arrivé ce qui est arrivé, avec le gosse, avec sa mère, qu'est-ce que tu en retires maintenant ? Eh bien, ton voyage est d'aller par le vaste monde sans un regard en arrière ! Tu peux recommencer à sourire, malgré ce que tu as vu et ne peux pas *dé-voir*. En un mot : tu peux A-VAN-CER.

Je ne trouve pas de réponse, à Rome. Rien. Mais je trouve un beau garçon. Oscar, il s'appelle. Il aime les chauves, ça tombe bien. On joue avec notre onzième doigt, trois-quatre fois. Il a des yeux à tomber par terre, mais je suis toujours aussi malheureux. Où va-t-on quand même la beauté ou les caresses ne suffisent plus ?

Alors, sur un coup de tête, j'enchaîne : je prends des billets d'avion au dernier moment et pars pour Jérusalem, en espérant semer mon petit fantôme. Mais débarquer, sans avoir réservé d'hôtel, la veille de Noël, à Jérusalem, la première ville sainte au monde ? Clairement pas la meilleure partition que j'aie pu jouer dans ma vie. La mort d'un gosse, ça vous rend con, même s'il n'est pas à vous. Ça vous relègue en deuxième catégorie, et du rang d'étudiant en médecine on se retrouve à celui de crayon le moins bien aiguisé du tiroir. Comment dire ? Si on mettait tous les idiots du village dans un village, je serais quand même resté l'idiot du village, voyez ? Sérieusement... Je suis brillant (c'est ma mère qui le dit) et, d'un seul coup, je deviens le pingouin qui glisse le moins loin.

Ma mère, tiens. Je n'imagine pas dans quel état doit être celle du gosse. Oh non, je ne veux pas imaginer.

Le jour où il est parti, il y avait un grand soleil : il faisait beau, quoi. Grand beau temps.

Je ne sais pas pourquoi je m'en souviens, ni pourquoi je vous en parle. Juste que j'ai encore cette image : le soleil entre par la fenêtre de la baraque jusqu'au carrelage qui reste pourtant éternellement froid.

Bref.

Noël, Jérusalem, pas d'hôtel.

Je me retrouve à dormir dans un jardin public. Je pense au gamin, à sa mère – c'est raccord avec l'endroit : elle a des allures de Sainte Vierge éplorée –, je songe à la vie, l'immense énigme aux chagrins merveilleux, j'espère ne pas crever dans la nuit, tout petit sous le ciel piqueté d'étoiles, à me demander sur laquelle son âme d'enfant s'en est partie cueillir des coquelicots bleus. Et s'il y a un renard, une rose et un mouton, des conneries sublimes comme ça.

Je ne trouve pas de réponse non plus, à Jérusalem.

Ça ne pousse pas comme le chiendent, les réponses. Chrétiens, musulmans, juifs, adorateurs du houmous, j'ai pourtant l'embarras du choix. Finalement, c'est une touriste danoise qui me sauve. Alors que nous sommes tous les deux dans un bus direction Bethléem, je lui balance mon histoire. La mère, son fils, l'épilepsie, l'erreur d'adresse. J'ai payé 400 shekels l'excursion, j'ai eu la psychothérapie en bonus, elle, pauvrette, elle a eu l'interne en médecine dépressif. Elle donne son avis, émet des hypothèses super intéressantes, vraiment, j'aimerais tant les partager avec vous, mais j'ai oublié. Je sais juste que ça va (un peu) mieux après.

Peut-être qu'il vous faut partir en voyage aussi ! Peut-être qu'il y a une touriste danoise pour chacun d'entre nous, quelque part à l'arrière d'un bus. La mienne me sort avec une pointe de fierté : «*I am a scientist, an international specialist of the salmon's intestinal flora.*» Sur le moment, je la soupçonne de se foutre merveilleusement de ma gueule, mais comme elle insiste sur le «*international*» j'en conclus que non : c'est une véritable académicienne. Si ça se trouve, dans ce bus, elle rejoint son stagiaire à Bethléem, David, l'expert local de la flore buccale de la carpe de la mer Morte. C'est un genre de niche, le microbiote poissonneux. Quand tu choisis cette spécialité, POUF !, t'es propulsé expert mondial, du jour au lendemain. C'est un bon créneau, et elle a de bonnes réponses.

Meilleures que les imams, les prêtres et les popes aux puretés de crapules, les vendeurs de falafels ou les rabbins*.

Peut-être que si vous tapez sur Google « experte internationale de la flore intestinale du saumon » vous pourrez la trouver…

C'est la blonde aux yeux bleus. Pas l'autre.

À cette période, je quitte l'hôpital pour différentes raisons. Y a cette histoire avec le gosse, évidemment, et puis cette rencontre avec Édith.

Faut que je vous raconte Édith, même si les mots ne suffisent pas à saisir la totalité du réel, la langue des Hommes demeure si imparfaite, presque impuissante. On essaiera quand même.

C'est mieux que rien, un palliatif, une demi-mesure, quoi.

---

* J'en ai croisé un dans un sauna gay de Tel Aviv, il m'a léché amoureusement les orteils, pas désagréable comme sensation, tout le monde devrait essayer ça une fois dans sa vie : le rabbin fétichiste.

N'allez pas croire, les Urgences, le SAMU, l'hosto, j'adore. Parce que c'est de l'humanité en boîte, du beau, du bon, du sale, du violent, du triste, du joyeux, du jus concentré de condition humaine, ce sont des rencontres fulgurantes, mais si intenses qu'on s'en souvient des années après. Un mardi (le souvenir est encore très frais dans ma tête, car ma vie au cabinet médical a commencé à cause de lui), je suis de garde aux Urgences, je m'occupe d'une ravissante patiente de quatre-vingt-huit ans. Édith a des allures de petite poupée en paille, elle appartient à cette grande famille des vieilles dames coquettes : celles qui passent une heure tous les matins à se maquiller, ce qui a pour résultat incroyable de rajeunir leur physique de femme de quatre-vingt-huit ans en celui de femme de quatre-vingt-trois ans. Poudre de riz, Shalimar et arthrose jusqu'au bout des cheveux. Le corps n'est plus souple, mais il sent bon.

Ces femmes s'apprêtent chaque jour comme pour leur mise en terre, leur visage comme un tableau très vieux, mais qui serait encore en train de sécher.

Aux Urgences, on prend moins de temps à examiner des malades qu'à se débrouiller pour leur trouver une « place » dans un service. Donc ma charmante Édith attend sur un brancard que je lui décroche un lit dans les étages. Plus on vieillit, plus c'est précieux, le temps. On en manque, on court après. Six heures, pour un vieux, c'est comme six mois en années de chien, ça compte triple. Édith, elle, a attendu huit heures.

Oui, oui, vous avez bien entendu. Moi, je bataille comme jamais au téléphone pour lui dégoter une place, tout en l'observant. Seule, angoissée, incapable de trouver une position confortable. La petite aiguille de l'horloge tourne. Et elle, avec son dos douloureux, allongée sur un simple brancard… Quand même ! Je sens que la note du Airbnb des Urgences va plonger.

Je suis en train de l'examiner quand l'infirmière vient me déranger pour un autre patient. Comme je suis perdu dans mes pensées cliniques pleines d'artères à déboucher et affamé (pas eu le temps pour les carottes Vichy hospitalières de midi), je lance à ma collègue, devant Édith :

– Attends, je termine avec l'AVC !

Édith me regarde :

– C'est moi, l'AVC ?

Pardon, Édith.

Tu es un être humain et moi, je suis un con.

Tous les dimanches midi, j'ai les oreilles qui sifflent : c'est Édith qui raconte à sa famille ce jour où un jeune médecin l'a rabaissée au rang de caillot fatal.

Pardon, Édith, je ne recommencerai pas.

(D'ailleurs, je n'ai pas recommencé.)

On m'appelle six heures après : « Jean, c'est bon, il y a eu un décès dans le service, du coup une place s'est libérée ! » Et là, je me souviens parfaitement m'être réjoui. « Super !!! » Je viens enfin de lui trouver une place ! Un vrai lit ! Une vraie chambre, vue sur la cantine, je me fous pas de votre gueule, Édith ! Pas un couloir ouvert à tous les vents où circule tellement de monde que vous ne pourrez pas dormir ni bénéficier d'un minimum d'intimité.

Ma chance ? Ne jamais avoir croisé dans les couloirs la famille du patient qui venait de rendre les clefs de sa vie. Parce qu'elle était là évidemment, la famille, quelque part derrière ces murs blancs, et susceptible d'entendre mon « Super » lancé avec la plus effrayante sincérité du monde.

Et moi de quitter définitivement l'hôpital deux mois plus tard parce que, eh quoi, je veux soigner ! Pas jouer aux chaises musicales avec les vivants et les morts. Plus jamais je ne veux :

– réduire un patient à sa pathologie,

– me réjouir de la mort de quelqu'un.

Ce n'est pas pour cela qu'on devient soignant.

Certes, on ne peut pas sauver tout le monde, mais je suis, à cette heure de ma vie, trop jeune pour me ranger à cette idée. Ce merdier géant, cette poudrière hospitalière, nous sommes censés y incarner un certain idéal de vocation, d'humanité et de civilisation.

Le gosse et Édith ? Les grosses gouttes d'eau d'un petit vase de quoi ? Vingt-huit ans ? Trente ans ?

Personne ne mérite de déborder comme ça, aussi jeune.

L'arrivée au cabinet médical m'aide rapidement à gommer l'asymétrie entre soignants et soignés : déjà, M. Soares s'appelle M. Soares, pas « le diabétique de la 2 », et la première fois que je le rencontre il arrive sur ses deux jambes, pas allongé sur un brancard ou tout nu sous une blouse pendant qu'on défilerait avec quatre ou cinq confrères, des *sachants*, debout devant son lit, causant de son cas comme s'il n'était pas présent dans la pièce. Et puis l'hôpital, c'est une autre affaire : on y meurt, alors tout paraît grave (certes). En médecine générale, on reçoit les patients au début du mal. On les prend avant la peur, si je peux m'exprimer ainsi, avant le temps du chagrin et de tout le reste.

À l'hôpital, les soignants connaissent votre dossier quand vous ne savez rien d'eux. Dans nos cabinets de petites villes, les malades ont tôt fait de se renseigner sur votre CV : « Ah, le docteur B. ? Oui, il est de la jaquette qui flotte, oui oui, parfaitement, avec un garçon, il vit avec, même qu'ils vont peut-être bientôt être papas, quelle époque ! »

Au cabinet, la rencontre est moins inégale. Et donc plus propice à l'échange. C'est du « un contre un » (ou mieux même : « un *avec* un »).

Je connais leurs petits secrets : M. Zuss trompe sa femme avec un gars alors qu'elle est enceinte de leur enfant. (Syphillis !)

Ils connaissent une partie des miens.

Après, pour le rabbin fétichiste, ils ne savent pas.

Pour mon gros chagrin qui bouchonne, pareil. C'est à moi, je le garde, et c'est bien le problème : je suis enfermé avec lui. Je prends solennellement cette décision : si je n'arrive pas à pleurer, j'arrêterai ce métier. Je ne me considérerai plus apte à le pratiquer. Un être humain devenu incapable de pleurer ne saurait prétendre à soigner les Hommes. C'est ainsi. Il se met, en quelque sorte, en dehors de l'humanité. Si rien ne sort de mon petit lac intérieur, alors *finito*, je raccroche.

Notre première rencontre, à M. Soares et moi, est loin d'être un coup de foudre.

Cela fait deux jours que j'ai débarqué au cabinet. Une salle d'attente et un bureau de consultation, une bonne odeur de gel hydro-alcoolique, des malades qui attendent sur des sièges gris en toussant à la mort, je ne devrais pas me sentir dépaysé et pourtant : je suis fébrile ! Peur de mal faire, d'être jugé par les patients, qu'ils me prennent pour un enfant qui jouerait au docteur.

Je surprends cette discussion dans le patio : démarche allongée, corps noueux, coiffé à la graisse d'ours, un patient assez âgé croise en partant une malade qui arrive – Mme Chahid, dont on parlera bientôt. Elle l'arrête :

– Alors ? Il est comment le nouveau toubib ?

Moi, derrière la fenêtre, accroupi, suspendu aux lèvres du papi, attendant que tombe le couperet. De cette réponse dépendent sans nul doute des années de réflexion sur ma pratique et la réalité de mes compétences, peut-être même un terrifiant syndrome de l'imposteur !

Mais le vieux de lâcher, l'air bien embêté et un voile de désapprobation dans la voix :

– Il est gaucher !

M. Soares, pour vous faire une idée rapide, c'est un bonhomme qui n'est plus étanche. Il saigne tout le temps. C'est comme si sa peau était incapable de garder les liquides à l'intérieur. Du coup, ça perle. Des petites gouttes écarlates sur les mains, les coudes, les avant-bras, la nuque, la poitrine. Une tête d'épingle carmin transpire-t-elle de son épiderme ? M. Soares colmate comme un marin collant ses rustines sur un bateau aux mille et une voies d'eau. Un bandage par-ci, un bandage par-là. Et vas-y qu'il emmaillote ses fluides, traquant la nouvelle avarie fautive. Jamais vu un homme consommer autant de gazes et de compresses. On ne sait pas vraiment de quoi il souffre. Un trouble de la coagulation ? Une maladie orpheline inconnue ? Une forme chronique de foire aux croûtes, que sais-je ? Mystère… Une fois, il laisse échapper une goutte sur mon bureau et s'excuse comme s'il venait de s'oublier. C'est pas grave, monsieur Soares. On se doute bien que vous faites de votre mieux pour ne pas couler n'importe où !

Il a un bandage humide et rose au bout de chaque doigt, on dirait un vieux guitariste noir – entre ça et le fait qu'il doit peser 40 kilos tout mouillé, on hésite : vient-il consulter, ou se cache-t-il des employés du Louvre qui voudraient le rendre à son sarcophage ?

Malgré sa maladie et le décès récent de son épouse, il essaie d'être heureux, M. Soares. Il se bat contre toutes ces forces terribles qui le feraient couler, couler, couler à mort si elles pouvaient.

D'ailleurs, il est gourmand. Vais-je chez lui en visite ? Il y aura des sachets de bonbons entamés qui traînent.

Pas n'importe lesquels.

Des Haribo, « c'est beau la vie, pour les grands et les petits ! ».

M. Soares entretient à l'endroit du bonheur une intransigeance forçant le respect. Il semble bien plus au clair avec cette question que la plupart d'entre nous. Je me souviens d'une discussion… Je veux savoir comment se porte son moral. Il ne comprend pas tout de suite le lièvre que j'essaie de lever. Faut dire : passer des troubles de l'hémostase au moral relève du grand écart. Il n'empêche, je tâche de ne jamais oublier de poser la question à mes patients, surtout s'ils souffrent de maladies chroniques. Parce que la maladie, c'est déjà un grand malheur en soi, alors quand on doit cohabiter avec elle tous les jours… Je le vois avec M. Soares : il doit gérer sa douleur, prévoir ses déplacements en fonction de ce que sa maladie lui permet. Il doit aussi jongler avec ses traitements, ses rendez-vous avec les spécialistes, les kinésithérapeutes, bla-bla-bla. Autant de contraintes qui exigent de mobiliser des ressources considérables, du temps de cerveau disponible, mais aussi du temps tout court. Un vrai ministre, et sans assistant ni chauffeur privé. Et, par-dessus le marché, le reflet permanent que lui renvoie son corps au sujet de sa propre finalité… Si la santé, c'est le silence des organes, la maladie chronique est un brouhaha permanent, une vraie maternelle pendant la récréation. Quelle fatigue ! Je suis sûr que les malades chroniques comprennent ce que je veux dire. Rien de tel qu'un malade pour en comprendre un autre. C'est comme deux pays qui partageraient la même très longue frontière. Faudrait que nous, toubibs, on se retrouve tous cloués au lit au moins une fois dans notre vie, on serait de meilleurs soignants à l'ouverture de nos cabinets. De meilleurs humains. On aurait cette histoire de frontières partagées avec nos patients. Quand tu as la chance d'être en bonne santé, tu as assez peu conscience d'être un corps : quand tu as faim, tu manges ; quand tu as soif, tu bois ; quand tu as mal, tu frottes un peu l'endroit coupable, tu prends un paracétamol et voilà.

Un malade chronique comme mon M. Soares ne peut pas se permettre cette insouciance, car la douleur se rappelle à lui tout le temps : « Tu es un corps, monsieur Soares, et ce corps souffre, même qu'il s'y déroule des phénomènes franchement anormaux. » Autant de rappels de notre triste condition sur cette fichue terre. M. Soares et les autres malades chroniques, les sentinelles de l'Insuline, les cavaliers du Cardiaque en vrac, les guerriers du Grand Crabe, les soldats de la Spondylarthrite, les mercenaires de l'Insuffisance rénale, se trimballent avec un petit chien noir qui leur mord les talons à chaque seconde sans leur laisser de répit ! Imaginez ce cerbère personnel portant un collier où serait inscrit : « Rappelle-toi que tu vas mourir, monsieur Soares. » Vous visualisez ? Eh bien, chaque fois que le petit cabot macabre mordrait, M. Soares serait obligé de lire cette sentence à haute voix : « Rappelle-toi que tu vas mourir. »

Traquer du découragement chez les MM. Soares ? Un peu, oui ! Car ils ont le droit d'être fatigués, en colère, désespérés même, et ils ne nous doivent aucune explication. Leurs corps parlent pour eux, beaucoup trop.

Bref, je chasse notre bonne copine Miss Dépression chez mon M. Soares quand il me donne matière à mouliner dix ans sur l'épineuse question du bonheur :

– Comment ça va, le moral, en ce moment ?

– C'est-à-dire, docteur ?

– Je sais pas, est-ce que vous vous sentez plutôt heureux ?

– Ouh là ! Je prête surtout attention à ne pas confondre le bonheur et le plaisir, docteur.

BIM. Dans ma face. Je lui demande ce qu'il entend par là, même si j'ai déjà compris…

– Le plaisir, c'est ce qui me distrait de mon chagrin habituel, docteur. Un peu comme la météo et le climat. C'est pas la même chose. Parfois j'éprouve du plaisir, et c'est comme s'il faisait beau temps. Ça ne veut pas dire que le climat est meilleur. Mais quand il fait beau souvent, on finit par se dire : tiens, cette année, le climat a été clément. Voilà.

– Et il est comment, le climat, cette année ?

– Comme la Bretagne, docteur. À chier.

Puis il a haussé les épaules, manière de dire qu'il apprend à danser sous la pluie (comme tout le monde ?).

Un philosophe, mon M. Soares.

Si un chic type comme lui est capable de prendre autant de recul, alors pourquoi pas moi ?

Est-ce que je perds mon sang ? Non.

Est-ce que j'ai mal ? Faim ? Soif ? Non.

Est-ce que j'ai un trou qui fait de l'air ? Non et re-non.

Pourquoi je n'y arrive pas, alors, à danser sous la pluie ? Hein ? Qu'est-ce qui cloche chez moi ? Enfin, chez moi. Je ne pense pas être le seul. Elle est comment, votre météo ? Vous le sentez comment, votre climat, cette année ? Et si on se trompait tous ? Et si on confondait le fait d'être heureux avec le fait d'être momentanément distrait de notre chagrin quotidien ?

Et vous, ça va ?

Je suis sûr que plein de gens ici ne vont pas bien du tout mais n'arrivent pas à le dire, ni à le pleurer. Vous écrire ces mots si simples, ça me remue. Je ne veux pas pleurer, et je n'y arriverai pas de toute façon, et puis d'abord j'ai l'impression que ça pourrait être encore pire si j'y arrivais, mais c'est faux, je le sais. Ça ne peut pas être pire. Et je suis heureux, hein. Certainement. Pourquoi ne serais-je pas heureux ? Parce que mes patients souffrent ? Mais en quoi suis-je donc concerné ? Je ne vis pas avec eux ! Plus ça va, plus je suis au clair avec mon problème : mon grand sujet, c'est la gestion de la colère. Pour cause : la maladie, en soi, est une belle saloperie. L'injustice ultime. Ça frappe au hasard, c'est comme courir dans une forêt les yeux bandés. Enfin, ce sont plus souvent les pauvres que les riches qui se prennent l'arbre en pleine face. Tu la gères comment, ta colère, par exemple, quand tu soignes des femmes victimes de violences conjugales ? Quand une nana vient pour la deuxième fois faire enlever une agrafe sur son front et que son connard de mari attend dans la salle d'attente ? Comment y arriver ? Alors c'est vrai, quand tu ne peux pas pleurer, tu peux taper. Mais.

Je ne vais pas gagner la salle d'attente pour casser la gueule au mari, ça ne lui rendrait pas service, vraiment pas, en plus il est grand et je suis lâche. Enfin, on est lâches. Les hommes en général, je veux dire. Mais on y reviendra. Ils ne perdent rien pour attendre, ceux-là (si je ne peux pas pleurer, c'est peut-être aussi un peu de leur faute).

Donc tu t'occupes de madame, de l'agrafe, du front, des hématomes partout partout. Tu écoutes, tu écoutes, tu écoutes.

Mais ça grossit en toi : cette saleté de sublime colère.

L'entrée de parking de ma barre d'immeuble est juste en face d'un petit Monoprix. Le soir, quand j'ai vu deux-trois femmes flinguées et retiré deux-trois agrafes, je n'en peux plus du recul du spectateur, je n'ai qu'une envie : rentrer chez moi chialer dans un pot de Häagen-Dazs parfum chocolat-banane-Prozac. Avec des noix du Brésil. Mais tu ne sais plus comment on s'y prend pour pleurer. Tu veux quand même rentrer te mettre sous la couette, à l'abri du monde des hommes ? Dommage : impossible, vu qu'il y a toujours un ou deux connards qui garent leurs voitures de connards devant ton entrée de parking parce qu'ils ont toujours quelques courses de connards à faire au Monoprix des connards. « Excusez-moi, monsieur, je reviens de suite. » Ah, il revient de suite, pas de souci, je comptais justement camper dans la rue et faire griller des marshmallows sur un feu de camp. « J'en ai juste pour deux minutes. » Mais ils mentent : c'est jamais deux minutes. Une fois, je me résous à attendre, les yeux dans le vide ; quand c'en est trop, une insondable rage me prend, alors je sors de ma caisse et m'en vais acheter du beurre.

On m'avait dit « ça marche super bien avec du rouge à lèvres », mais ça coûte cher, le rouge à lèvres, d'ailleurs on n'en trouve pas toujours au Monop, alors que le beurre c'est plus abordable et, pour peu que tu prennes du bio local, tu privilégies les circuits courts. Ta vengeance est plus écologique et la planète te remercie. Je ressors avec mon beurre Président bio et j'écris sur la voiture du gars, enfin je veux écrire : « CECI NEST PAS UNE PLACE DE PARKING !! », mais je suis en colère, j'appuie trop sur le beurre ! J'écris : « CECI N'EST PAS », c'est tout : je n'ai plus assez de beurre. Surréaliste. Un peu comme le tableau de Magritte, *Ceci n'est pas une pipe*.

Je me mets à la place du gars, il arrive et il lit : « CECI N'EST PAS ». Ça ne veut rien dire. Pas grave : le gars prend clairement pour les autres. Je me console parfois en l'imaginant : il s'énerve, il ne comprend pas mon message, plus il frotte pour nettoyer son pare-brise, plus ça s'étale, plus c'est illisible, et plus ça l'obsède : quel est donc le message ?! Et de qui ? Pourquoi ? J'ai toujours peur, quand je raconte cette histoire à des potes, que l'un d'entre eux se lève, le visage cramoisi de rage, et crie : « C'était ma voiture ! »

Je hausserais les épaules : oui, mais c'était ma colère !

Et c'est elle qui gagne.

La morale de cette histoire ? La prochaine fois, Jean, prends du 250 grammes, pas du 125. 125, c'est trop peu. Ma colère est plus lourde que ça. Le pire, c'est que, ce soir-là, j'achète le beurre et j'oublie le pot de glace. De toute manière je ne pleure pas. Ni dans le pot ni nulle part. Je ne *peux* pas ou je ne *sais* pas.

Au final ? J'ai fini par acheter un vélo.

C'était plus rapide que d'attendre le jour où les femmes ne viendront plus se faire agrafer/dégrafer dans mon bureau.

Avec un vélo, plus besoin de se garer dans le parking. Mais la saine et sublime colère est toujours là.

Du coup, je me transforme. Je passe de « Mamie Nova tartine les pare-brise avec du beurre » à « Spartacus sur son char dans *Ben Hur* », mais un Spartacus un peu hargneux, un peu mauvais : Spartacon.

Oh, ce courroux qui enfle en furoncle bien gras quand je sors du cabinet après avoir mis à la poubelle les nouvelles agrafes encore chaudes, toutes croûtées du sang de ces femmes ! Toujours incapable de chialer, j'ai des envies de sécateur, d'émasculation collective. Un automobiliste me frôle d'un peu trop près avec sa caisse ? Je distribuerais des coups de pied en imaginant viser les couilles de M. Machin et, après, je pédalerais vite. Parce que, comme je l'ai dit tout à l'heure : je suis lâche.

Mais mon rêve serait d'avoir un bouton rouge sur mon vélo, avec « VENDETTA » marqué dessus, et BIM !, t'appuies, ça fait sortir des lames de rasoir sur les côtés de ta roue arrière, comme dans le film avec Charlton Heston.

C'est juste un rêve mais il est plus réaliste que l'autre, celui où les hommes arrêteraient de taper des femmes. Faut vraiment rêver petit quand on est sur Terre : on minimise les risques d'être déçu.

J'ai un gros tampon rose. Avec nom, prénom et coordonnées du cabinet. Un stéthoscope bleu canard, assorti à la couleur de mes yeux (je l'ai fait exprès, par coquetterie). J'ai une blouse blanche, que je ne porte jamais car elle fait pleurer les enfants de peur, et augmente la tension artérielle de Mme Giuliano. J'ai aussi un otoscope vert d'eau. Quand sa pile commence à rendre l'âme, j'utilise mon iPhone pour regarder au fond de la gorge de M. Grimaldi. Il faut savoir vivre avec son temps.

Avant j'avais aussi un site Internet, avec adresse et horaires du cabinet. Nous l'avons supprimé avec mes associés. Trop de patients, mais même comme ça on déborde. Nous vivons dans un pays où les médecins se cachent pour survivre à leur journée de travail : de notre profession, cela ne dit rien, de ceux qui nous dirigent, cela dit tout.

Parfois, les patients poireautent dans le patio quand la salle d'attente dégueule. Une fois, la locataire du dessus, qui travaille à domicile comme traductrice pour l'ONU, s'est plainte de « la faune ». Une fois, encore, elle a jeté un seau d'eau glacé en plein hiver sur ce vieux M. Grimaldi qui s'était trompé d'interphone.

Trois semaines après, j'ai averti par écrit la locataire que ce patient, leucémique, était « malheureusement décédé d'une pneumonie contractée après le coup du seau d'eau ».

Ce n'était pas vrai, mais ça aura eu le mérite de la faire réfléchir. Elle s'est excusée et je l'ai traitée de connasse. Pour la beauté du geste. Je pense qu'elle aurait souhaité qu'on ne soigne que des vieilles dames à collier de perles. Mais on soigne tout le monde, du bourgeois au toxico, du gitan au col blanc, du vieillard au bambin, et du bobo au punk à chien – même qu'il m'est arrivé de soigner le chien !

À vrai dire, une connasse traductrice pour l'ONU, on la soignerait aussi.

Je ressemble à l'image qu'on pourrait se faire d'un médecin de famille. Je fume trop, mâche des chewing-gums à la menthe et j'ai des mocassins à glands, vous voyez ? Un médecin de famille, quoi, un vrai de vrai. Un matin, je suis sur mon vélo, beau comme Bellérophon sur Pégase, je quitte le domicile d'une patiente que son mec a confondue avec un punching-ball, je suis distrait, pense à cette guerre invisible que mènent les hommes contre les femmes et à un poème que je suis en train d'écrire, et j'ai aussi très envie de parachuter un gothique : c'est l'effet café + vélo + froid matinal, ça réveille un besoin urgent (faudrait réaliser une étude scientifique sur le sujet). Je pédale vite car je veux arriver au cabinet médical avant que des patients fassent la queue devant la porte d'entrée (c'est plus compliqué de se soulager avec dix souffrants en salle d'attente). Bref, guerre + poème + impératif naturel, je manque de percuter un autre vélo et, comme j'ai plus de sonnette (la vieille a été volée), je me surprends à faire « BLING BLING ! » avec la bouche. Je veux *vraiment* imiter une sonnette de vélo, mais j'ignore pourquoi, je ne crie pas « DRING DRING ! ».

Je crie « BLING BLING ! ».

La cycliste me regarde, hilare. Je baisse les yeux, honteux. Puis je ris. J'oublie l'espace d'un instant la guerre, la poésie, les hommes qui frappent, et mon besoin urgent d'envoyer un fax à la Lyonnaise des eaux. C'est incroyable, le pouvoir d'un sourire, ça vous saisit le visage comme un baiser déposé directement sur le cœur. Du coup, je me dis : fais-les sourire, tes patients, comme tu as fait sourire cette cycliste ce matin, car apporter un peu de gaieté aux gens, c'est mieux que de leur jeter des petites fourchettes dans les yeux.

Certaines personnes ne sourient jamais, et nul ne sait si c'est la vie qui les a abîmées ou si elles sont nées comme ça… Parce que pleurer, c'est comme sourire : c'est donné à la naissance, ça va avec la vie, avec la peur, avec l'espoir et toutes ces bizarreries sublimes qui font qu'on est un être humain et pas une grenouille froide… J'en connais, des patients qui ne sourient jamais. Surtout une, Mme Moreno.

Je ne suis pas non plus à l'abri que ça me tombe dessus un de ces quatre… Tu commences par ne plus savoir pleurer, puis peut-être qu'un jour tu ne sais plus comment rire, et à la fin tout se ferme à l'intérieur de toi (y a des gens à qui c'est arrivé, et pour toujours en plus !).

Pour l'instant, mon rire est sauf, mais je sens que ça flancherait pour un rien de ce côté-là. Restons vigilants.

Je vous préviens, on ne causera pas ici du tout-venant, ou des consultations lambda. On pourrait passer une heure à ouvrir le robinet d'eau tiède, aligner chiffons et petites phrases, ce serait de la banalité en barre, et je collerais la migraine à une tête de bois. Vous ne voudriez pas que je raconte les « Ça fait mal quand je palpe ici, madame Pichon ? », les « Vous avez pris votre température à la maison, monsieur Durand ? », les « Combien de cigarettes vous fumez par jour, madame Diaz ? », ou les « Vous vous levez combien de fois la nuit pour uriner, monsieur Rognon ? ». J'en ai plein, des comme ça, c'est un peu mon métier, passer ma journée à ânonner : « Ouvrez la bouche et faites AAAAAHHHHH », et « Vous avez perdu du poids ? Combien en combien de temps ? », « Vous avez pris du poids ? Combien en combien de temps ? ».

Quel ennui, le corps qui parle !

Je préfère partager les histoires de patients qui m'ont marqué. Mais c'est dur : elles me marquent souvent. Comme leurs visages. Un visage, ça va toujours avec une histoire, et quand tu connais cette histoire tous les visages deviennent bouleversants. Je suis un homme à la tête farcie de visages !

Mme Moreno, donc. J'y viens.

« Enchanté, jeune confrère ! Ce serait bien que tu ailles voir Mme Moreno à domicile, elle a besoin d'un nouveau médecin traitant. Nous, on est DÉ-BOR-DÉS ! » me glisse au téléphone un vieux médecin du quartier dans les mois qui suivent mon installation.

À l'époque, je suis plein de bonne volonté, et assez peu au courant des us et coutumes de mes pairs, donc me voilà parti à la rencontre de Mme Moreno. J'imagine qu'il y a une sorte de rite initiatique, lors de l'installation d'un jeune médecin dans un quartier, consistant à lui trouver le monstre de patient qui réside un peu partout dans nos villes et à le lui refiler sans rien dire, *gardons-lui la surprise*.

Soit. J'accepterai ma mission, l'appel du devoir, disons ça comme ça. Plus tard, je soufflerai bien fort en voyant son nom s'afficher sur l'écran de mon téléphone, et la vocation aura des airs de résignation. Mais, pour l'heure, j'ignore à qui j'ai affaire.

Mme Moreno vit seule au treizième étage d'une barre d'immeuble grisâtre, dans un meublé moisi dont les volets sont toujours fermés. La première fois, je découvre une femme petite et ronde : assise sur une chaise en bois, elle s'accoude à une planche en Formica posée sur deux tréteaux, et ses yeux fixent tellement fort l'obscurité qu'ils ressemblent à deux haches taillant une brèche. Je ne le sais pas encore, mais c'est exactement ainsi que je la trouverai chaque putain de fois : dans le noir, toute la journée, tel un pendule oscillant entre la souffrance et l'ennui, sans lire ou regarder la télé ni écouter la radio. Une silhouette posée là, à attendre. Quoi ? Aucune idée*.

Mme Moreno n'a pas grand-chose à dire sur la vie, et la vie semble ne rien avoir à dire sur Mme Moreno. J'arrive, me bouche les narines, ça

* On attend tous quelque chose, je ne sais pas ce que c'est pour moi, pourquoi le saurais-je pour Mme Moreno ? Le savez-vous vous-même ?

sent le renfermé. « Vous ne voulez pas ouvrir les volets, madame Moreno ? » Elle me répond que non, qu'elle n'aime pas voir les pigeons, qu'ils sont trop laids, qu'ils font un peu peur.

Et aussi : « De quoi je me mêle, d'abord, docteur ? »

C'est une sorte de sport, chez elle, d'être imbuvable. Elle est ceinture noire. Son grand truc, à la Moreno, c'est de mettre les soignants en échec.

« Ça me lance au bas des reins, docteur. »

Je prescris ce qu'il faut et j'ajoute : « Essayez de pratiquer un peu d'activité physique, madame Moreno. Pour détendre les fascias. » C'est normal d'avoir mal quand on reste sur cette chaise en bois toute la journée, non ? « D'accord », qu'elle me dit, avec l'air de s'en tamponner le coquillart. Effectivement : elle me rappelle la semaine d'après. Même douleur, même position, à la même place. De là à croire qu'elle n'a pas bougé depuis sept jours... Elle ne s'est pas mise au sport ni à autre chose, d'ailleurs. Évidemment. Et les fascias, alors ? Qu'ils aillent se faire cuire le cul, les fascias.

À quoi m'attendais-je ? À la trouver en train de faire le poirier et des pompes claquées ? Peut-être s'est-elle persuadée qu'une fois guérie elle cessera de nous intéresser, et comme les soignants sont les derniers humains à venir la voir…

La seule fois où je réussis à la moucher?

Grosse journée au cabinet médical, je parviens enfin à vider la salle d'attente et j'en profite pour aller aux toilettes, quand le téléphone sonne. Pas grave, le répondeur est là pour ça. Mais la personne insiste. Elle rappelle trois-quatre fois en deux minutes, je suis là sur mon trône, à désespérer: «Y a pas moyen d'avoir deux minutes tranquille?» Donc je grommelle un peu et, juste après, je sens mon téléphone portable sonner: je sais, je sens que c'est la même personne. Je ne décrocherai pas!

Mais ça rappelle encore. Je décroche.

Mme Moreno. Qui a mal au dos. Et qui m'accueille par un merveilleux «ENFIN!», suivi de: «Ça fait quatre fois que je vous appelle, docteur, c'est pas possible! Pourquoi personne ne répond?» Me souviens très bien avoir répondu: «Parce que je suis en train de faire caca».

Calmée. Direct. Je recommande vivement cette technique.

D'ailleurs, si de jeunes soignants sont avec nous en ce moment: la pire erreur de ma carrière, c'est bien d'avoir mis mon numéro de téléphone portable sur mes ordonnanciers. Ne faites jamais ça, les jeunes. Jamais.

Bien sûr, j'ai essayé de causer avec la Moreno, « ça ne changera pas tant que vous resterez assise aussi longtemps sur une chaise en bois toute dure », mais elle ne veut rien entendre, le traitement doit être médicamento-magique.

Du coup, rebelote pour les anti-inflammatoires, vu que je ne suis pas sorcier (si je l'étais, je serais sûrement en train de siroter des mojitos dans ma villa à Bali avec un rabbin fétichiste à quatre pattes). Elle me rappelle une semaine après, devinez quoi ? Elle va mieux ! Non, je déconne : elle a toujours mal. Les infirmières à domicile ? Elles n'en peuvent plus de Mme Moreno, les pauvres, on les comprend. « Elle nous parle mal, nous traite comme des chiens. »

– Faut pas parler comme ça aux infirmières, madame Moreno, elles font de leur mieux, et je refuse qu'on les traite de connasses. Donc je veux que vous vous excusiez auprès d'elles, sinon je ne viens plus.

– Je ne m'excuserai pas de les avoir traitées de connasses.

– Alors je ne viendrai plus, madame Moreno.

– Je veux bien m'excuser auprès de vous, mais pas auprès de l'infirmière.

– Mais ce n'est pas moi que vous avez traité de connasse !

– Oh, si ce n'est que ça, suffit de demander !

– Soit vous vous excusez auprès d'elle, soit je ne viens plus. Je ne suis pas en train de négocier, madame Moreno !

Finalement je négocie, mais j'obtiens ce que je veux : elle s'excuse auprès des infirmières, puis j'ai l'immense bonheur de continuer à venir la voir.

Elle est fascinante dans son genre. Elle ne convoite rien, n'espère rien, ne manifeste aucune ambition. Elle a totalement échappé à la tyrannie du désir. Sauf un. Son grand truc, son idée fixe, répétitive, incoercible : elle doit maigrir. Elle me prend pour un dégraisseur.

– Quand est-ce que vous m'envoyez dans un centre, docteur ?

Son poids la tourmente. Elle veut s'alléger. Alors que bon : aucun meuble, aucun livre (a-t-elle seulement un lit ?) et, question allègement, elle s'est disputée avec tout le monde, sa famille en premier, les voisins la fuient comme la peste, plus personne ne veut lui adresser la parole. Peut-on finir plus dépouillée ?

J'ai l'impression que ma vie, c'est devenu ça : aimer les êtres humains le lundi, les détester le vendredi, me reposer le week-end, puis tout recommencer. Sisyphe au Tartare, et mon rocher à moi, c'est Mme Moreno, ses renvois, ses congestions, ses asthénies subites, ses petites rougeurs qui vont, qui vont et qui viennent, ses catarrhes jaunes, ses fluides malodorants, ses pets foireux, ses bubons sur le crâne. J'accueille tout, je choisis tout et sans broncher, sans y penser. Sans mettre de barrière. Parce que je ne sais pas me défendre contre ça. Même pas question d'essayer. Je ne suis pas armé pour. Y a pas à penser si c'est tant mieux ou tant pis. C'est, puis voilà.

Échec après échec (avec elle, à l'époque, je ne compte pas en jour, ni en semaine, mais en échecs), j'en apprends un peu plus sur cette dame qui vit dans le noir, accoudée à ses tréteaux sur sa chaise en bois de torture.

Tous les matins, à 7 h 30, elle entrouvre les volets, se met au balcon pour observer, passant sur le trottoir, sa fille, à qui elle ne parle plus, en train d'emmener son petit-fils à l'école. Vite vite, juste quelques secondes, les apercevoir, puis retourner dans sa grotte. Question existentielle : ne fermerait-elle pas les volets pour ne pas avoir envie de sauter par la fenêtre le reste de la journée, Mme Moreno ? Je tâte le terrain, prends des nouvelles de notre bonne copine Miss Dépression.

– De quoi je me mêle, docteur !

D'abord, elle est bien dans le noir. Elle le dit : « Je suis bien dans le noir, docteur. » Oui, mais tout de même, aérer un peu, laisser entrer le soleil dans la pièce, assainir les lieux… « De quoi je me mêle ! »

Une fois, elle accepte de changer le cours des choses. J'avoue, j'ai insisté un peu. Une famille de patients m'avait offert des fleurs, des lilas en gerbe, et, comme je suis en visite sur mon vélo et que c'est dangereux de pédaler avec un bouquet, je les lui offre : « Ce serait bien de les mettre dans un vase et de les exposer un peu à la lumière. Puis ce serait bien d'écrire à votre fille. Essayer de renouer le dialogue… »

Elle s'empare des fleurs et ajoute son plus beau « de quoi je me mêle ! ».

J'apprends qu'après mon laïus elle est allée chez le coiffeur et a pris son courage à deux mains pour écrire à sa fille. J'ignore quoi. Une demande d'excuse. D'explication. J'y vois une main tendue. Je veux y voir ça. N'importe quoi !

N'empêche, j'y repense parfois, au coup du coiffeur, avant d'écrire une lettre à quelqu'un qu'on aime. Comme un moyen de se donner du courage. Je l'imagine devant la glace, brushée, « je présente bien ? », conclure que oui, elle présente bien, puis attraper sa plus belle plume. J'ai regretté de l'avoir poussée à ça, Mme Moreno, quand elle a retrouvé sa longue missive déchirée en mille morceaux dans sa boîte aux lettres.

Je sais, je sais, vous vous attendiez à une fin heureuse, un *happy end*, mais non. On est dans la vraie vie, celle des déserts médicaux, des temps de consultation disponibles raccourcis et des services sociaux qui dégueulent donc dégringolent, quelle dinguerie, et dans cette vie-là vous ne pouvez pas sauver les gens à coups de quart d'heure hebdomadaire. D'ailleurs, elle ne m'a rien demandé finalement,

Mme Moreno. Ni de la sauver du noir – celui du dedans, celui du dehors – ni de la protéger des pigeons. Au fond, c'est quoi, tous ces jugements que je porte sur elle ? Sur ce qu'est une vie gâchée ou mal vécue ? Peut-être qu'elle l'aime comme ça, sa vie. Elle veut juste avoir moins mal au dos et que je la dégraisse sans avoir à produire d'efforts. Peut-être même qu'elle a raison depuis le début : de quoi je me mêle !

Parfois, quand je suis avec des potes, autour d'une bonne saucisse grillée au barbecue, ou avec la famille à me disputer pour savoir qui aura le petit Père Noël en chocolat sur la bûche, l'image de Mme Moreno vient traverser mon esprit : son petit-fils est entré à l'école primaire, du coup l'itinéraire du matin a changé et il ne passe plus au pied de son immeuble. Sa grand-mère est définitivement seule dans le noir, scotchée à sa chaise, ses tréteaux, son vide. Sans ami, sans clan ni tribu, même pas de télé, sans même peut-être savoir s'il fait jour ou nuit, si c'est Pâques, le 28 novembre, ou si le monde existe encore ?

À quoi pense-t-elle toute la journée au cœur d'une obscurité qui n'en finit plus ? Ça glace les sangs. On pourrait tous être morts à cause d'une pandémie qu'elle n'en saurait rien.

Jusqu'au bout elle gardera son mystère. Tant mieux? Tant pis?

J'apprends quelques semaines après qu'un jeune médecin plein de bonne volonté vient de s'installer. Je décroche mon téléphone et, mielleux, j'appâte le petit collègue : « Enchanté, cher confrère ! Ce serait bien que tu ailles voir Mme Moreno à domicile, elle a besoin d'un nouveau médecin traitant ! Nous on est DÉ-BOR-DÉS ! »

Il accepte, le pauvre…

Elle a épuisé tous les psys du monde, Mme Moreno. Leurs diagnostics sont sans appel : pas de dépression. À croire qu'elle a vraiment peur des pigeons, et c'est tout ? Je ne devrais sans doute pas demander leur avis aux psys… Je ne sais pas comment je le prendrais si quelqu'un voulait psycho-pathologiser ma façon de vivre au seul motif qu'elle différerait de la sienne (je n'y suis pour rien, moi, si ce rabbin voulait absolument lécher mes orteils. J'ai pas su dire non !). En même temps, je me méfie des psys. Quiconque ayant frayé de près ou de loin avec cette espèce étrange devrait me comprendre, sur ce coup-là.

Moi, après la mort du gosse, il m'a bien fallu aller en consulter un. Parce que pleurer, c'est une manière de « travailler » l'information douloureuse. La rendre tangible. Moi, je pleurais tout le temps, mais *à l'intérieur* : les larmes ne pouvaient pas sortir, elles poussaient les parois. Du coup, je grossissais. BIM ! 15 kilos de chagrin. J'ai dû refaire ma garde-robe, je ne rentrais plus dans mes pantalons et j'avais sous mes tee-shirts de gros bourrelets de tourments, tout gorgés d'humeur noire.

J'ai sondé autour de moi : « Connaîtriez-vous un thérapeute efficace, attentif ? »

On m'en a conseillé un. Soit.

Je me ronge les ongles trois semaines avant de me présenter devant lui, transpercé d'inquiétude et d'espoir. Je vais enfin m'alléger, poser mon bagage, j'y crois à fond, rendre les kilos de colère, « un gosse est décédé parce que sa mère l'aimait trop ». Enfin non, « un gosse est mort parce qu'il a fait une crise d'épilepsie ET on n'a pas pu le sauver parce que sa mère l'aimait trop». Voilà ce dont j'ai besoin de me délester, mais je n'ai pas le temps : il me bombarde de questions.

– Oui, avant la mort du gamin j'ai eu une copine, Marie, même qu'on était fiancés, mais c'est fini, je l'ai quittée pour un garçon, et lui et moi avons à présent pour projet de devenir parents.

Ça ne loupe pas : à peine comprend-il ces mots que le voilà entièrement focalisé sur ma mère. Qui est-elle, quel type de relation a-t-on, comment elle m'a élevé, comment elle a été élevée, comment fonctionne le couple de mes parents, et si elle fouette mon père à coups de côtelette de porc, etc.

J'imagine que, étant gay, je n'ai pas d'autres raisons d'être malheureux que la relation avec ma mère ? Je serais hétéro, la mort du gosse aurait suffi à mon malheur, mais *pas là*.

Par quelle loi se fait-il que ta pauvre mère se fasse chaînon manquant entre ton goût immodéré pour les garçons en mini-shorts et la mort d'un gosse ? Tu as quoi, vingt-sept ans ? Vingt-neuf ? Toi, à ce moment-là de ta jeune vie, tout ce que tu veux comprendre, c'est pourquoi, quand un enfant meurt, le réel reste tel qu'il est : insensible. Un gémissement universel devrait rugir du nord au sud, de l'est à l'ouest. Mais non, rien.

Dans cette immense indifférence, les mois défilent, et toujours plus de silence. S'il n'y a ni tempête ni orage, si les arbres continuent de donner des fruits et l'herbe de pousser comme si de rien n'était, alors pourquoi, moi, je pleurerais ? D'ailleurs, en se focalisant entièrement sur mon homosexualité, le psy, sans le vouloir, passait aux aveux : « Même pour moi, à qui vous avez confié cette histoire, cette mort ne compte pas. »

Du coup ? « Merci, monsieur le psychologue, mais je n'ai aucun besoin de parler de ma mère, tout va bien de ce côté-là ! Au revoir, monsieur le psychologue. »

Le psy me regarde, en hochant la tête. Je sais ce qu'il pense, l'animal !

« C'est exactement ce que dirait quelqu'un qui a besoin de parler de sa mère. »

Je le déteste une dernière fois, puis je le quitte pour toujours. Promis juré : les thérapeutes, plus jamais ! Plutôt crever !

Les semaines passent et, *évidemment*, je retourne chez un thérapeute.

Cette fois-ci, j'opte pour une praticienne, parce que « Jean, les frangines sont toujours moins connes avec ces histoires de garçons en mini-shorts ».

Je débarque dans son bureau, prends une grande inspiration et réunis tout mon courage pour mettre les points sur les i immédiatement :

– Bonjour, madame la psychologue. Je viens parce qu'un enfant est mort et que je n'arrive pas à le pleurer. J'ai vu un psy, je lui ai parlé de cette mort, mais, dès qu'il a su que j'avais quitté ma fiancée pour un garçon, il n'a pas arrêté de me questionner sur ma maman. Du coup, je vous préviens, il est *absolument* hors de question que je vous parle de ma mère.

– Très bien, j'entends tout à fait.

Une minute quarante-quatre secondes plus tard, exactement : « Et donc ma mère… » Bla-bla-bla, ma mère par-ci, ma mère par-là, ma mère en ski, ma mère fait du traîneau à la Saint-Nicolas, maman, maman, maman.

Je me déteste.

Mme la psychologue me regarde, lève les mains, paumes ouvertes, dans un signe d'absolue innocence. Je n'y suis pour rien, semble-t-elle exprimer. Elle ajoute même : « C'est vous qui avez commencé ! »

En toute honnêteté, elle a raison : j'ai commencé.

Je repasse sur son divan plusieurs fois, pour parler chaque fois des vivants, des allongés, ceux qu'on relève et ceux qu'on ne relève jamais. De la maladie. De la justice et de son absence, qu'on désigne aussi plus simplement sous le terme d'« existence ». De Dieu qui est une chienne. Et du sens de la vie qui doit bien se cacher quelque part dans tout ce bordel (à côté des chaussettes orphelines, la condition humaine !).

J'arrive toujours pas à chialer, mais qu'est-ce que j'évacue dans son bureau ! De la vraie tarte aux mots !

Elle encaisse, elle encaisse, elle encaisse. Une vraie boxeuse, bravo, madame.

N'empêche, maintenant que j'y pense… Qui va-t-elle voir, ma thérapeute ? Qui est la psychologue de la psychologue ? Et après ? Vers qui cette nouvelle intermédiaire se tourne-t-elle à son tour, s'attelant par là même à former un long collier de plaintes, un sautoir de larmes – des qui sortent ou des qui ne sortent pas. Elle remonte jusqu'où, cette chaîne? Qui est la personne tout au bout? Le président de la République? Peut-être Dieu? Peut-être pas.

Je vote pour les touristes danoises.

Les jeunes médecins comme moi, lorsqu'ils s'installent, s'inspirent paraît-il du médecin de famille qui les a soignés, enfants. Le nôtre s'appelait Jean-Jacques… Jean-Jacques avait accroché un tableau au mur, en face de sa table d'examen. Il représentait un pont. Avant chaque vaccination, il nous intimait à voix basse: «Regarde le tableau, petit, tu reconnais cet endroit?» Je cherchais, je cherchais, j'étais sûr de l'avoir déjà vu.

J'ai compris plus tard: il n'existait pas, ce fameux pont, ni dans ma ville ni ailleurs. Le doc s'y prenait ainsi pour nous distraire, nous les patients, et nous faire oublier la douleur de la piqûre.

Vous comprenez donc pourquoi, lorsque j'ouvre mon cabinet, ma première action est d'acheter un tableau à un peintre.

Je lui demande : « Je veux un tableau qui représente un coin de ville, mais un coin imaginaire. Un lieu qui "pourrait" être vrai. Vous voyez ? »

Le peintre hésite, « OK, mais pas sûr », et c'est exactement ce que je voulais : un lieu flou, indéterminé, un endroit brouillardeux. On y voit un pont avec une berge, des promeneurs, c'est partout et nulle part à la fois. En réalité je n'ai jamais commandé de tableau, j'ai fait comme tout le monde, je suis allé chez IKEA où j'ai acheté ce cadre au prix d'une bonne engueulade de couple*.

La toile est accrochée en face de la table d'examen. Les gens la fixent et ils cherchent ils cherchent ils cherchent, mais où est-ce que c'est ? Ça les préoccupe, les obsède, ils l'ont sur le bout de la langue, et pendant ce temps moi je pique je pique je pique. Ils ne sentent rien : ils sont là-bas, dans le tableau.

Parfois je pense à cet endroit de ma ville qui n'existe pas, mais qui accueille toutes les douleurs de mes patients. Ils sont tous pareils, persuadés qu'ils

---

* D'ailleurs, qui commande des tableaux à des peintres ? Pas vous. Pas moi.

l'ont déjà vu, « c'est le pont Saint-Pierre, hein que c'est le pont Saint-Pierre ? ».

« Je vous donnerai la réponse la prochaine fois », je leur lâche, et je ne le fais jamais.

Ce lieu est réel puisque leurs douleurs s'y perdent, non ? C'est peut-être ça qu'il y a, tout au bout du long collier de larmes. Des objets qui encaissent. Peut-être même que l'art sert à ça. Être au bout du bout de toutes les plaintes. Tout accueillir par la sublimation. Je dis peut-être n'importe quoi. Être rempli d'eau jusqu'aux écoutilles, ça empêche de bien penser.

Peut-être devrais-je tenter une méthode plus… iconoclaste. Ça a très bien marché une fois : j'avais chialé comme jamais. Fascinant.

Je vous raconte.

Tout commence avec un couteau.

Je ne suis pas installé depuis six mois qu'un type de deux mètres entre dans mon cabinet de médecin de famille et me plaque contre le mur. Je sais ce que vous vous dites : « Ça débute plutôt bien, genre film porno des années 70. » Non, désolé… J'aurais préféré.

Parce que le type en question m'*oblige* à lui rédiger une ordonnance de morphinique : « Tu le fais ou je te défonce la gueule !» Je suis beaucoup trop mignon pour que pareille chose advienne. J'essaie de discuter, d'être posé, à l'écoute. Mais non. Il veut tout. Tout de suite. Il arme son poing en arrière, frappe à côté de mon joli visage et annonce qu'il va me «démonter», et pas d'une manière agréable. Pas le choix : je m'assois en tremblant, je détache une ordonnance sécurisée de mon bloc et je rédige. Parce que je mesure 1 mètre 76, pèse 66 kilos (là, je mens) et que, lorsque j'étais enfant, personne ne me voulait dans son équipe de foot tellement j'étais gringalet. Le gamin qui reste sur le côté avec ses bouquins dans les films américains ? C'était moi* !

J'ai peur. Quelque chose d'animal, de primitif. Je tente de le raisonner : «Ce que vous faites est grave.»

Il me dit : «Finis l'ordonnance et ferme ta gueule !»

Je suis à peu près convaincu qu'il n'a pas de carte vitale et qu'il partira sans payer. Se faire démonter, oui, mais pas gratis.

---

* Je vous entends rire d'ici. Pour vous, c'est juste un roman, moi, c'est ma vie.

Une patiente en salle d'attente, quand je sors tremblant et complètement choqué dix minutes après : « Le monsieur nous est passé devant ! Il est entré dans le bureau, on a entendu des coups et crier, on s'est demandé si on devait prévenir la police... »

Ben oui, sombres idiots, vous auriez dû. Après tout, ça ne se fait pas de passer devant tout le monde comme ça, hein, madame Pichon !

Avec le recul, je les comprends. Une agression, c'est une chose irréelle, qui sort des petits chemins étroits et abrutissants de nos habitudes. Alors on n'y croit pas quand ça arrive.

Parfois je rigole en les imaginant : « Tiens ! Et si je lisais tranquillou le *Paris Match* du 13 juillet 1976 dans la salle d'attente de mon gentil docteur qui se fait déglinguer juste à côté... Ça alors ! Les Beatles se séparent et Freddy Mercury est gay ? Je juge pas... Pour Freddy Mercury, je veux dire. La séparation des Beatles, ça, c'est grave ! »

C'est le crime le plus bête du monde : j'ai son nom, son prénom, et surtout la délivrance de telles substances est parfaitement encadrée en France car le médecin doit noter le nom de la pharmacie où va aller se fournir son patient. En gros, j'ai son état civil et l'endroit où il doit se rendre pour obtenir son traitement de substitution à l'héroïne.

Une heure après, le commissariat au téléphone :

– On l'a chopé, il est bien connu des services. Malheureusement, on ne devrait pas pouvoir le garder plus de vingt-quatre heures. Il avait votre ordonnance sur lui et un couteau. Vous avez bien fait. Il était énervé contre vous, mais ne vous inquiétez pas : s'il vous arrive quoi que ce soit dans les prochains jours, on saura à qui s'adresser !

Ah, merci bien, inspecteur Harry, je suis rassuré, le plus important, c'est de me venger, pas de protéger mon joli minois.

Et là le policier, qui m'a tout l'air d'un fin psychologue :

– Vous voulez porter plainte ?

Enfoncer la tête d'un homme sous l'eau ne lui apprendra pas à mieux respirer. Je réponds donc :

– Non. Je veux qu'il se fasse traiter et, surtout, qu'il ne recroise plus jamais ma route.

Ensuite ? Rentrer chez moi, penser au type, à la carrure du type, aux poings du type, aux tatouages du type, aux gros bras sous ces tatouages. Un truc me taraude, c'est que je ne me suis pas défendu. Je me suis même peut-être résigné à être la victime de cette violence masculine ce jour-là. Comme si c'était écrit sur ma tête : « Tapez là, je ne rendrai pas les coups. »

Je me souviens que je ne fume plus, mais il me faut une clope. Ou du sexe. Mes colocs ne sont pas là, donc pas de clopes. Mon fiancé n'est pas là, donc pas de sexe.

Alors tu vas sur ton balcon et tu fumes les mégots des copains, ceux d'un cendrier y passent, puis d'un deuxième, puis de tous les cendriers dans ton appartement, les uns après les autres en réfléchissant sur la vie, la mort, l'amour et le destin.

Il faudrait inventer des mégots de sexe. Comme des ersatz de plaisir que les couples amoureux laisseraient traîner. Alors, quand on est seul et en manque d'affection, on pourrait les ramasser. Des mégots de tendresse pour les soirs de coups durs, quand on a des fantômes d'enfants coincés dans l'œil.

La médecine générale, c'est fini pour toi, Jean. Sitôt commencé, sitôt terminé. Tu vas retourner aux Urgences. La solitude du médecin généraliste te pèse trop. Ton équipe te manque : les infirmiers et aides-soignants te manquent. Les blagues potaches aussi.

Puis je repense à l'enfant mort et à la vieille Édith sur son brancard.

Deux jours passent.

Ça va mieux.

Comparution immédiate, le grand mec au couteau reconnaît les faits. Huit mois avec sursis, obligation de soins, mise à l'épreuve et interdiction de s'approcher de moi ou du cabinet.

Il ne fait pas appel.

L'avocate qui s'occupe de l'aide aux victimes me téléphone :

– Le type qui vous a agressé a un parcours compliqué. Son père a été écroué au pénal pour viol et acte de barbarie sur son fils de neuf ans. Votre agresseur s'est mis à consommer de la drogue à douze ans. Il a bien souffert. Ça va, docteur ?

– Non. Je vais pleurer à l'intérieur, puis grossir, puis dormir. Au revoir, maître.

Je raccroche d'avec la dame qui m'a l'air aussi douée pour la psychologie que son copain l'inspecteur Harry. Conclusion : le Lexomil, c'est bien utile et les mégots bien dégueulasses.

N'empêche, je n'ai pas versé une larme. Rien. Du début à la fin de cette triste histoire. Pleurer, c'est montrer qu'on n'est pas d'accord avec la marche du monde, et moi, je ne suis pas d'accord avec ce que le monde a fomenté contre nous, ces deux êtres humains qui se sont rencontrés dans ce cabinet médical ce jour-là. Alors pourquoi je n'y arrive pas ? Je voudrais aussi pleurer pour savoir : est-ce qu'il m'en reste, des larmes ? Peuvent-elles seulement encore sortir ? Ne reviendront-elles plus jamais ? Est-ce que c'est terminé pour toujours ?

Après l'épisode du type au couteau, mes parents, qui tiennent beaucoup à la survie de leur progéniture, m'offrent donc un spray au poivre dernier cri « au cas où ». N'ayant jamais utilisé un pétard pareil, je m'imaginais mal découvrir comment fonctionne l'engin au dernier moment ! Du coup, un matin, avant d'aller embaucher, alors que je suis tout nu dans mon salon, je tourne la bombe dans tous les sens : peut-être y a-t-il une sécurité à retirer pour que ça marche ?

Ni une ni deux, j'ouvre la fenêtre, je vérifie (plus ou moins) la bonne orientation de la lacrymo et la teste. Pshitttttt... Un grand nuage toxique s'élance et se disperse. Du liquide (beaucoup) me coule sur la main

Je pensais que ça serait plus impressionnant. Un peu déçu, je l'admets, je commets alors ce que commettent 90 % des hommes le matin.

Je me gratte les couilles.

Comme ça. Sans vraiment réfléchir. J'ai du liquide sur les mains, néanmoins, s'il n'a pas traversé l'épiderme de mes paumes pour me brûler les paluches, aucune raison qu'il traverse celui de mon scrotum, non ?

Si.

Après avoir poussé un cri de douleur, j'écris à un ami neurologue pour savoir comment éteindre l'incendie : on prend parfois de mauvaises décisions, j'ai des amis dermatologues, pourtant c'est mon ami neurologue que j'appelle à l'aide... Aveu inconscient de ma parfaite lucidité quant à la localisation exacte du véritable cerveau masculin ?

Courant à la salle d'eau laver les deux poches d'un entrejambe en feu, je conclus d'un bâillement intempestif en me frottant les yeux. Ça, pour pleurer, on peut dire que je pleure. De vraies chutes d'eau. Pour autant, je ne crois pas qu'elles comptent vraiment, vu la nature de ces larmes qui ne doivent rien aux grands malheurs du monde, mais tout au chlorobenzylidène malononitrile. J'arrive en retard au cabinet médical en claudiquant, le visage gonflé, les yeux écarlates et bouffis. Au moment où j'ouvre à Mme Chahid, mon téléphone bipe. C'est l'ami neurologue. Il était temps. Son texto va peut-être, enfin, sauver ma matinée et, littéralement, la peau de mes couilles.

> « Salut Jean,
> J'ai demandé à un pote psychiatre qui a demandé à un ami chirurgien orthopédique, bref que des collègues dont ce n'est absolument pas la spécialité, et ils sont tous formels. Pour tes testicules : tu dois les rouler dans la farine. »

Bref. C'est à peu près comme ça qu'ont commencé mes débuts en tant que médecin de famille. Par des larmes extorquées qui n'avaient rien de ce qu'elles auraient dû être. Pour que des pleurs soient authentiques, j'imagine qu'ils doivent venir *tout seuls*. Si j'écris cela, c'est parce que ça n'allait pas mieux après. J'avais, pour ainsi dire, pleuré pour de faux, sans rien apaiser en moi.

— Oh là là, mon fils, vous avez les yeux tout rouges.

Je sais, madame Chahid, je sais…

Mme Chahid a été ma première patiente au cabinet médical lors de mon installation. La première à m'accorder sa confiance. Ça compte. Faut en être digne. Et j'ai eu sacrément de la chance : c'est LA patiente de rêve, celle qu'on voudrait tous, nous les médecins. Assez âgée, musulmane, très pieuse, qui a fui la guerre dans son pays pour venir en France il y a plusieurs décennies – un de ses garçons est mort là-bas.

Ses journées ? Des ménages de 8 heures à 20 heures. Ses soirées ? Elle les gâche au service de son mari qu'elle materne vu qu'il n'en fiche pas une rame, cette feignasse, puisque la vie est plus douce quand on a une épouse couteau suisse qui vous sert de cuisinière, de maîtresse et de garde-malade. C'est toujours la même histoire, avec les hommes. Parce que les gars de la famille n'en branlent pas une, c'est elle qui décide de tout à la maison mais qui prend aussi soin de tout le monde, de la bouffe aux divertissements. Elle fait la pluie ET le *bon* temps.

– Oh là là, mon fils, je suis en train de coudre pour votre compagne une belle gandoura rose avec des perles sur les épaules, oh là là, vous verrez, elle sera très belle avec !

Je me sens gêné. Elle me fait confiance, pourtant j'ai l'impression de ne pas le mériter. Je dois lui dire la vérité. J'en ai marre de faire semblant et de hocher la tête chaque fois qu'elle me demande des nouvelles de « ma compagne ». Mais j'ai peur qu'elle arrête de m'appeler « mon fils »... Que ça change quelque chose dans la jolie relation que nous avons créée, elle et moi.

Je tapote son avant-bras avec la paume de ma main. Et je chuchote :

– Je dois vous dire, madame Chahid, je vis avec un garçon...

Elle se tait, j'attends fébrilement sa réaction. Elle a l'air tracassée et d'un seul coup ses yeux s'éclairent, comme si elle venait de trouver une solution à un épineux problème :

– Eh bien, il pourra quand même la porter à l'intérieur !

Je souris. Une gandoura rose avec des perles sur les épaules ? Qui pourrait résister ? C'est moi qui vais la porter, oui ! Elle lève les mains au ciel et enchaîne avec cette phrase magnifique :

– Un jour, mon fils, inchallah, vous venez avec lui au Maroc, chez ma sœur. Dans la rue vous serez des amis, à la maison vous serez des amants !

Elle continue, car elle est bavarde, Mme Chahid, très bavarde.

– La chambre d'amis est au premier étage ! D'ailleurs, j'ai mon neveu, un bon garçon, Mohammed, il vit avec Jean-Pascal, ils sont beaux tous les deux, et un jour, j'avais fait de la *harira*, vous connaissez la *harira* ? C'est de la soupe marocaine avec des pois chiches et des boulettes d'agneau et…

Tout à coup, comme piquée par une abeille, elle s'arrête :

– Docteur, vous chaussez du combien ? Du 48 ?

Je vous jure qu'elle a dit « du 48 », alors que je mesure 1 mètre 76 !

– Je chausse du 42, madame Chahid.

Elle me regarde.

– Inchallah, la prochaine fois je vous rapporte des babouches, mon fils ! Et à votre amoureux aussi !

Je voudrais que Mme Chahid mette tous les êtres humains dans sa poche (ou dans sa soupe) et qu'ils en sortent meilleurs.

– Qu'est-ce qui vous amène aujourd'hui, madame Chahid ?

– Oh là là, mon fils, si vous saviez… Plein de choses.

En premier lieu ? Les chiffres de sa glycémie. La raffinerie interne débloque, c'est le diabète. Elle file un mauvais coton.

– Vous mangez sucré, madame Chahid ?

– Quoi ?!? C'est le sucre, le problème ?

– Eh oui, madame Chahid. Avec le diabète, c'est toujours le sucre le problème !

– Le sucre ? Moi ? Moi ?? Je ne mange que du miel, mon fils !

Je suis installé depuis quoi, deux mois, trois mois, quand Mme Chahid me confie ressentir des vifs élancements dans le genou. Les antalgiques ne font rien à l'affaire, je programme des infiltrations avec un rhumatologue. Sans grosse surprise : les infiltrations ne la soulagent pas. Faut dire qu'elle marche toute la journée, avec son dos penché, ses sacs bleus IKEA dans chaque main, deux énormes sacs élimés aux coins et gonflés à bloc*, un vrai barda. Mme Chahid ne va pas d'un endroit à un autre comme nous autres, simples humains : non, elle déménage.

Évidemment, elle a mal « dans les gros os des genoux » quand elle fait « trois » pas.

– J'ai des oignons, mon fils !

Elle enlève sa chaussette. Et quel oignon ! Une vraie plante des pieds, si j'ose dire.

Je ne sais par quels étranges chemins sa glycémie est inversement proportionnelle au degré d'attention que j'arrive à lui accorder. Elle a besoin d'être palpée, auscultée, pesée, mesurée en long en large et en travers. Et par-dessus tout : elle a besoin de parler, Mme Chahid. D'être écoutée. Plus je

---

* J'ai remarqué, les vieilles, ça met des poches dans des poches, ça adore ça.

l'écoute au cabinet médical, meilleurs sont les résultats de sa prise de sang. Les voies du soignant sont impénétrables…

Alors j'écoute. Tout. Du début à la fin.

– C'est quoi, tous ces problèmes, docteur ? C'est le diabète ? Ou la mort ? Le rhumatologue, il a juré c'est la douleur qui coule, alors j'ai répondu d'accord, c'est lui qui sait. Ma poitrine, on croirait un appareil auquel il manque des piles pour respirer, j'ai du mal à faire sortir la crache, il y a des jours où je ne suis pas malade, le lundi par exemple, souvent, je devrais changer de métier, mais je suis déjà âgée, je peux pas changer de corps, hein, mon fils ? Et je ne vois plus très bien, ma vision est floue, même que les lunettes, docteur, ça coûte les yeux de la tête ! Le patron me dit : « Frotte bien le sol, Khadijah », je m'appelle Fatima, et je peux pas frotter plus fort, j'ai cinquante-huit ans, j'ai mal aux pieds et au corps tout entier, même que parfois le mien il tombe, en 2003 je me suis évanouie, et ensuite j'ai passé dix ans à m'évanouir, et le patron, il veut que je fasse plus d'heures, mais mon corps il a déjà fait les heures qu'il pouvait, on m'a donné la carte handicapée, mais les ménages, c'est pas pour les handicapés, non? Même pour venir au cabinet médical, je suis descendue du tram, chaque pied pesait 20 kilos, c'est lourd, ça, les jambes, on le dit pas assez. Qu'est-ce que vous pouvez faire pour aider, mon fils?

Je suis sur le point de lui répondre, mais elle enchaîne:

– À la maison, ça va, mon deuxième fils, il m'a massé les jambes, c'est un bon garçon. J'ai aussi rendez-vous avec le médecin du travail, la dernière fois elle m'a affirmé: «À trente ans on n'a pas mal au dos», ça tombe bien, moi j'ai cinquante-huit ans, j'ai tous les examens qui montrent que je mens pas, j'ai la scanner et la IRM. Sinon, j'ai failli vous amener mon deuxième fils, il a pris la pluie hier, mais il n'avait rien aujourd'hui, j'ai trouvé ça bizarre, c'est pas normal quand on a pris la pluie, on devrait être malade, alors je vous l'amène si jamais il continue d'aller bien.

Et là, comme d'habitude, elle se jette violemment en arrière, les bras grands ouverts, épuisée par sa logorrhée, comme si tous ces mots venaient de rendre réelle cette manière bien à elle qu'a la vie de lui rouler dessus.

J'aimerais qu'un jour une femme vienne dans mon cabinet, s'assoie, m'explique combien la vie est douce avec elle, son mari aimant et respectueux, un homme normal, quoi, et combien ses enfants sont adorables, même qu'elle n'a aucune douleur nulle part, ni physique ni morale, pas le moindre petit conflit avec son corps, rien de rien. Ensuite ? Elle me file 25 balles et s'en va, avec son bonheur sous le bras. Ça n'arrive pas et n'arrivera jamais. Dommage. Peut-être verrais-je le monde autrement.

Au tout début de mon installation en ville, j'ai envie de lui dire, à Mme Chahid comme aux patients qui flanchent : « Courage, tenez le cap, ça en vaut le coup », mais je ne sais pas trop ce que j'entends par là.

« Ça », c'est l'odeur des pavés après la pluie en été. « Ça », c'est la ville déserte et silencieuse au milieu de la nuit. « Ça », c'est les étoiles qu'on regarde en forêt avec des amis (ou seul, ça marche aussi). « Ça », c'est votre deuxième fils qui vous masse les pieds le soir. « Ça », c'est le sel de la vie.

Mais ce ne serait pas très utile, je pense. Les gens comme Mme Chahid ne viennent pas à la consultation pour écouter ce que j'ai à dire : la plupart d'entre eux viennent juste pour parler. Se confier à un autre être humain. Moi ou un plombier, ça ne changerait pas grand-chose. Alors je hoche la tête et j'écoute. Faut bien quelqu'un pour s'y coller. Si demain on obtient le même résultat avec une silhouette de docteur découpée dans du carton, je resterai dans mon lit. Néanmoins, personne n'obtiendra le même résultat, et pour une bonne raison : pour le patient, c'est pas tout de vider son sac, il faut que le docteur en face s'intéresse à lui, à ses mystères, ceux dans la tête, ceux dans les artères, et ceux « devant-derrière qui lui font de l'air ». Ça manque vraiment aux gens, d'avoir quelqu'un qui s'intéresse à eux. Juste de temps en temps.

Les dix années d'études de médecine ne servent quasiment à rien d'autre. Mais motus : nul ne vous aura averti sur les bancs de la fac. On vous fait miroiter le statut social. Le prestige. Vous allez sauver des vies. Vous ne vous lèverez pas pour des queues de cerise ! Même que le soir, dans le miroir de votre salle de bains, vous vous direz : « J'ai été utile. J'en ai aidé combien ? »

Un jour arrive une révélation, on comprend qu'on est là pour adopter un air absolument passionné quand Mme Chahid se plaint de son mari (à cause de son poil dans la main), ou que M. Durand s'enorgueillit de son grain de beauté : « Vous en avez déjà vu un de cette taille, docteur ! » C'est vrai, monsieur Durand, un comme ça, on peut dire que ça ne manque pas de pigment ! Mais encore ? Quand Mme Antoine a le frisé de la chapelle qui la démange, ou quand M. Diaz nous cause de ses renvois acides, il faut qu'on s'inquiète des détails : « Est-ce que c'est avant ou après votre café du matin, monsieur Diaz ? Avant ou après avoir boulotté votre goûter ? Est-ce que c'est après la pause-cigarette ? Et quand vous êtes allongé, est-ce que ça remonterait pas un peu aussi ? » Etc.

Rien de mal à ça, ne me faites pas dire ce que je n'ai pas dit. C'est juste qu'on aimerait être prévenu au début de nos études : les gens, souvent, ne viendront pas vous voir parce qu'ils sont malades. Ils viendront pour avoir l'illusion d'exister quelque part dans cette société de merde : exister *pour de vrai* et *pour quelqu'un*, même qu'au cabinet médical c'est remboursé par la Sécurité sociale à hauteur de 25 euros les dix minutes… Ce n'est pas déshonorant, comme métier, d'aider les gens à se sentir de temps en temps un minimum vivants. On ne nous enseigne pas non plus à la fac que certains patients viendront vous voir toutes les semaines. Le jour où le docteur ne sera plus remboursé, ils ne viendront plus et, dans leurs têtes, ils existeront moins. Ceux qui ont les moyens iront chez le coiffeur. C'est terrible, quand tu comprends ça. Terrible.

On en a presque terminé, Mme Chahid et moi, quand elle me sort :

– J'ai l'oreille bourdonnante, mon fils. Tu peux regarder ?

J'attrape mon otoscope, enfile le petit spéculum en plastique et m'approche avec avidité de son oreille. Un conduit auditif moyen doit mesurer 22 millimètres de longueur et 6,3 millimètres de diamètre. La peau y est tapissée de milliers de glandes cérumineuses, responsable de la sécrétion du même nom. Normalement, on peut observer au bout du conduit la membrane tympanique qui doit être d'une jolie blancheur ivoire, légèrement grisâtre.

Bref, ce n'est absolument pas ce que je trouve ce jour-là dans l'oreille de Mme Chahid.

Les souvenirs, ils trahissent toujours, à croire qu'ils se font même un devoir d'être infidèles. Mais quand on veut raconter une histoire, pas d'autre choix que de leur accorder une certaine confiance. On n'a que ça. Avec la fantaisie, la poésie, la fable et le merveilleux, vous voyez ?

Je ne vais pas tourner autour du pot, et libre à vous de ne pas me croire, mais mon histoire est bien plus belle ainsi : elle a un cabinet médical dans l'oreille, Mme Chahid ! Un bureau de médecin, un vrai de vrai, avec la table d'examen, la toise, la balance et tout l'outillage du parfait médecin, le stéthoscope, l'otoscope et le tensiomètre. On tape à la porte de cet étrange pavillon miniature et un patient entre : M. Soares, ses compresses, son corps qui fuit et son cœur en crue, ça déborde là-dedans, ça a grand besoin de s'épancher.

Ça tombe bien : on se trouve au bon endroit du monde pour écouter.

D'ailleurs, on n'est pas bien, là, tous au chaud dans l'oreille de Mme Chahid ?

– J'arrive, monsieur Soares ! J'arrive !

— J'étais fort, me confesse M. Soares. Sans elle, je suis faible, sa mort m'a anéanti. Je m'étais toujours relevé, mais pas là, j'y pense tout le temps. Elle me manque, docteur. Je passe devant les soins palliatifs tous les jours. Je n'ai pas rangé ses affaires. Et sa robe de chambre est toujours sur le cintre, cintre qui est toujours sur la porte de notre chambre, avec son odeur à elle. Même que j'arrose scrupuleusement ses plantes, j'ai tellement peur qu'elles fanent aussi… Comme j'aimerais poser ma tête sur son épaule une dernière fois.

Je l'aimais bien, sa Charlotte. Je l'ai suivie quelques mois, toujours en visite à domicile. Elle était malvoyante : elle distinguait des formes floues et des couleurs, m'avait-elle confié. Avec le recul, elle me fait penser à Mme Chahid : elle avait toujours mal, tantôt une articulation du genou, tantôt la jointure du coude, en passant par le petit doigt sans oublier la nuque et la mâchoire aussi, alors elle voulait des radios, des radios, toujours des radios, et les radiologues disaient oui, d'accord, et les médecins généralistes (moi) acquiesçaient, oui d'accord, Charlotte, et sortaient l'ordonnance. Année après année, avec sa canne, avec son chien, elle allait de labo en labo, en sortait avec des photos de l'intérieur de son corps, autant d'ombres projetées de ses os qu'elle ne pouvait même pas voir distinctement. Quand elle est morte d'un cancer du sein, je suis allé à l'enterrement : j'étais presque étonné qu'on ne l'enterre pas avec ses clichés. Longtemps, je me suis demandé si son obsession des images n'était pas bêtement une histoire de croyance : elle avait besoin d'être sûre que ses os existaient et qu'on les lui « raconte ».

Le radiologue confirmait : « Il n'y a rien à l'humérus, madame Soares. – Ah, c'est où, l'humérus, docteur ? » Alors on lui touchait l'humérus, et elle hochait la tête. Une radiographie, ça reste une irradiation par rayons X. Peut-être que son cancer vient de là. Peut-être est-elle morte d'un besoin vital de « se vérifier ».

On cherche tous une vérité. Ce qui nous manque. J'en sais rien. D'ailleurs, je ne sais rien du tout. Seulement qu'elle est affreuse en tout point, cette histoire. La maladie de M. Soares, avec ses perles de sang semées partout, le handicap de Mme Soares avec ses radiographies compulsives, l'appartement minuscule, les voisins minables, la barre d'immeuble atroce, peut-on faire plus misérable ? Leur vie, c'était une réunion du pire et de l'insupportable. Un résumé de l'enfer... Puis je me souviens qu'ils vivaient ensemble. Que sa femme l'aimait. Qu'il aimait sa femme. Ils ont eu au moins ça. Tout le monde ne peut pas en dire autant, et c'est sans aucun doute encore plus affreux, la vie, quand tu ne peux pas en dire autant.

Ils ont eu des moments incroyables. Sa Charlotte était écossaise, mais elle parlait parfaitement français vu que son mari n'avait jamais fait l'effort de se mettre à l'*English*.

Quand je vais les voir en visite, du temps de son vivant, elle me demande toujours : « Vous avez arrêté de fumer, docteur ? », et moi, je dis : « Oui, ça fait deux semaines ! », puis elle porte trois cigarettes à sa bouche qu'elle allume l'une après l'autre, avant d'en tendre une à son époux, une vers moi, et de garder la troisième. Alors on fume tous les trois, avec son M. Soares. Ils sont trop âgés pour mourir de ça et ils ont passé l'âge qu'on leur fasse la morale sur les méfaits du tabac. Leur plus sérieux problème dans la vie, ça reste quand même l'alcool…

Au bout de quelques mois, on se connaît assez pour qu'ils soient du genre à dire : « Chéri, y a Jean ! », plutôt que : « Chéri, y a le docteur ! »

J'entre chez eux et je lance, exprès :

– Alors, comment va mon Anglaise préférée ?

Elle sourit et me gratifie d'un discret signe du doigt, vous savez, quand on se passe le dos du pouce sur la gorge horizontalement comme un couteau. Les Écossais, y a des jours où faut pas les chercher.

Après l'avoir auscultée, je termine la rédaction de son ordonnance.

– Je veux que vous écriviez « non substituable », docteur.

– Pourquoi, vous êtes allergique au médicament générique, Charlotte ?

– Non, c'est juste parce que je suis vieille et conne.

M. Soares de pousser un long soupir de lassitude :

– Elle aura ma peau, docteur. Elle me tue.

– Tu sais ce qu'on dit, mon chéri : un homme de perdu, dix de retrouvés !

Et M. Soares, qui n'est pas le moins drôle du couple, d'ajouter :

– Dix ? Dix ! Les pauvres !

C'était le temps du rire. Aujourd'hui, monsieur pleure sur mon bureau. Il pleure beaucoup. Elles sont communicatives, ses larmes. Le deuil de son amour devient le mien. Oui : le verriez-vous tel que je le vois, le chagrin serait sur vous comme sur moi.

– Je vous ai déjà raconté comment j'étais tombé amoureux d'elle, docteur ? J'avais la vingtaine, je venais d'acheter un bouquet pour le départ d'une vieille collègue. J'ai croisé Charlotte dans la rue. Ça m'a fait bizarre d'avoir un bouquet à la main et de ne pas le lui offrir. Absurde ! Je la connaissais pas, mais j'ai su qu'elle méritait toutes les fleurs du monde, vous comprenez ? Je suis arrivé au pot de départ de la collègue sans le bouquet, mais j'avais le numéro de téléphone de Charlotte.

Je me demande comment je peux rester aussi insensible. Quelqu'un de normalement constitué pleurerait. Pas moi. Je ne suis jamais aux rendez-vous de mes larmes. Je le souhaiterais. Elles aussi, sans doute : elles sont coincées là, à tout écouter et à tout voir, les grains de beauté pas francs, les langues chargées, les haleines qui fouettent, les aisselles qui suintent, les plis qui poissent et les pieds qui puent, la vie qui va, l'humain qui vit, bon an, mal an, de mal en pis.

Sûr qu'elles voudraient bien s'épancher, elles aussi ! Un vrai chagrin, ça implique de vraies larmes, non ? Alors pourquoi je n'y parviens pas ? Qu'est-ce qui se passe, à l'intérieur ? La porte est en dedans, et rien pour l'ouvrir ! C'est dur, vous savez, d'être enfermé avec soi-même. Je tends un mouchoir à M. Soares.

– Vous vous souvenez, docteur, quand elle s'est fait opérer des yeux la dernière fois ?

Tu venais d'être opérée et tu as cru être morte, Charlotte. Plus exactement : « J'ai cru être accueillie par des anges », tu nous as raconté. C'était en salle de réveil. Groggy par l'anesthésie générale, tu as entendu le bruit d'une harpe qu'on jouait contre ton oreille.

«J'ouvre un œil, si tout est noir je le referme et je fais comme si j'avais rien vu.»

Tu as ouvert un œil et tu as vu une sorte de forme blanche qui jouait de la harpe.

Tu l'as refermé et fait «comme si j'avais rien vu, ce qui n'est pas bien compliqué puisque je fais ça depuis toujours».

Tu as entendu quelqu'un dire: «Nous avons une invitée surprise» et tu t'es effrayée: «*Well*, pour une surprise, c'est une surprise, c'était censé être juste une toute petite opération et me voilà arrivée au paradis!»

Tu as continué à fermer les yeux très fort. Les effets de l'anesthésie se sont dissipés peu à peu, tu as tenté un nouvel essai: la forme à la harpe était toujours là, et sa musique avec. Ce n'était pas le chœur des anges qui t'accueillait au paradis, juste l'hôpital qui avait pensé judicieux de faire venir une harpiste en salle de réveil.

– La prochaine fois, docteur, j'aimerais qu'on me prévienne.

– La prochaine fois, Charlotte, j'appellerai en cachette les infirmières de la salle de réveil pour leur dire que vous êtes chilienne et qu'il faut absolument vous parler en espagnol quand vous vous réveillez.

Elle était comme ça, Charlotte. Et j'étais comme ça avec elle, du temps qu'elle existait, quand elle avait encore des couleurs aux joues.

– Je l'imagine tellement, ma Charlotte, sortir d'une anesthésie générale avec quelqu'un qui la secoue en disant : « *¿Hola, señora Carlota, como se siente usted ?* »

M. Soares rit puis se reprend aussitôt :

– Vous viendrez me voir à la maison, docteur ?

Il a des yeux qui demandent « Où faut-il aller pour s'enfuir ? », et moi, je n'en ai aucune idée.

– J'ai besoin que quelqu'un vienne de temps en temps.

Il a l'impression d'avoir été oublié, comme effacé du monde. Putain de serrement au cœur ! C'est la foire aux papillons noirs. Qu'est-ce que vous voulez que je réponde ? Quand on est médecin de famille, on entend des phrases comme ça. Le vide que Charlotte a laissé derrière elle, qui le comble ? Le silence qu'elle a entraîné dans son sillage, qui le brise ?

– Et moi, j'ai jamais été foutu d'apprendre un seul mot d'anglais. Même pas un. C'était sa langue. Elle se serait sentie moins seule, je pense, si j'avais réussi à lui parler un peu anglais…

Nouveau mouchoir. Qu'est-ce que ça me coûte en mouchoirs, la médecine générale ! Dans mon bureau, on pleure à cause du petit caporal qui nous sert de patron, on pleure à cause du temps qui passe, on pleure à cause du corps qui fait mal, on pleure parce qu'on a fait mal à son corps, on pleure parce que la personne qu'on aime est partie aimer quelqu'un d'autre, on pleure parce que ceux qu'on aime s'en vont parfois d'où l'on ne revient pas. Dans ce cas, pleurer est comme leur adresser un ultime appel : Ne partez pas là-bas ! Mais ils partent. Et les larmes n'ont servi à rien. Les larmes, c'est un truc inutile contre la mort, mais qu'on n'a jamais cessé d'essayer quand même.

– Ça va aller, monsieur Soares. Je suis sûr que vous allez y arriver ! Courage !

Y *arriver* ? Il me dit qu'y arriver, ça voudrait dire l'oublier et qu'il ne veut pas l'oublier, sa Charlotte, même un peu. D'après lui, c'est juste des mots comme ça, pour se débarrasser du problème. On ne se sort pas de tout dans la vie, il y a des blessures incurables, et, la prochaine fois, je ferai mieux de la fermer. Quant au courage, là n'est pas la question : il n'a pas le choix. C'est ça ou se laisser partir.

Je me sens stupide. On a tellement de phrases qui ne servent à rien dans la vie, qui meublent le vide laissé par l'éternelle vérité : on naît seul, on vit seul, et on est toujours seul à mourir. Avec des lacs de larmes plus ou moins étendus, et plus ou moins profonds.

Ça empêcherait de dormir, de savoir ça. Faudrait même pas le dire à haute voix. Que ça reste un secret entre adultes.

M. Soares vient de partir après avoir entendu ma promesse de passer le voir régulièrement. Il s'est excusé de s'être emporté, et je repense à ses derniers mots : « Docteur, avec les années, j'ai appris que la *vraie* colère est un sentiment immature, qui appartient à l'enfance. Quand un adulte est en colère, c'est qu'il a peur. Ça peut être la crainte de tout un tas de choses. Mais depuis que je sais ça, quand je sens l'irritation monter, je me demande maintenant d'abord de quoi j'ai peur. Je ne crois pas au paradis, docteur, alors je sais pourquoi j'ai tout ce feu en moi : j'ai peur de ne jamais revoir ma Charlotte, même "après". »

Il a raison, M. Soares. D'ailleurs, je pourrais utiliser l'astuce au cabinet médical, quand les patientes débarquent et qu'après avoir mis en avant leurs maux de dos, leurs fatigues, leurs céphalées, etc., on arrive enfin au cœur du problème : « Docteur, je me sens tout le temps en colère. »

Pfff ! Combien sont-elles, les frangines, dans cette situation ? Des milliers ? Des millions ? (Et je ne compte pas les mortes !) C'est quoi, vous, le truc du quotidien qui vous blesse le plus ? Dont vous ne causez à personne ? Ce *petit truc* qui est devenu *tellement* habituel pour les autres et dont personne ne soupçonne les effets négatifs sur vous ?

Prenons Mme Chahid, par exemple :

« Supposer que je vais bien parce que je ris... », qu'elle me répondrait.

Qu'est-ce qui vous donne l'illusion d'être en colère alors qu'en réalité vous avez juste peur d'être invisible, madame Chahid ? Hein ?

Et là, j'imagine les patientes qui défilent et accouchent toutes, une à une, de leur vérité. Mme Torrecilas dirait : « Ce qui me fait souffrir sans que personne le sache ? Mon poids ! » Mme Clément ajouterait : « Mon physique. Je ne supporte pas le regard des autres tellement je me trouve laide…» Mme Aïfa rebondirait : «Moi ? Ce qui me fait secrètement souffrir ? Je hais mon travail, pourtant je reste.» Mme Engelbach, ce serait plutôt un truc assez commun, du genre : «Moi, j'en ai ma claque que tout le monde croie que je suis forte et peux tout encaisser», et Mme Bournet : «Moi, c'est ma fille. Je m'inquiète H24 depuis qu'elle a voulu mettre fin à ses jours*.» Mme Jacquet se montrerait du doigt : «Ce qui me blesse en mon for intérieur ? D'avoir mal quand je bois un verre à la terrasse d'un café parce que la chaise est trop petite et pas adaptée aux gros.»

Mme Durant, je l'aime bien, elle dirait plutôt : «Ça m'irrite intérieurement quand mon entourage me laisse des "Bonjour, ça va ?" sans attendre de réponse, comme s'ils s'en foutaient, au fond, de savoir.»

Mme Pomi, avec sa petite voix qui ne veut jamais parler trop fort, murmurerait : «Moi, c'est le

---

* Là, vous vous demandez : «Pourquoi n'énumère-t-il que des femmes ? Les hommes aussi ont peur !» Oui, bien sûr je le sais, mais j'en ai rien à foutre.

sentiment d'abandon. » Mme Berkache poserait une main sur son ventre désespérément vide et soupirerait : « Les annonces de grossesse », et Mme Le Roy, avec son ventre tellement rond que ce n'est plus un accouchement à ce stade, c'est un déménagement, pourrait lui répondre : « Moi, ce qui me fait souffrir en cachette, ce sont les mamans parfaites. »

Bref, la peur, la peur, la peur, il y en a pour tous les goûts et pour tous les jours.

Quand est-ce qu'on arrête d'avoir peur ?

Il y a les patientes qui n'ont peur de rien, mais qui sont pourtant en colère pour à peu près tout. L'être humain a ses mystères. Telle Josette, qui moisit en salle d'attente et guette le départ de M. Soares pour prendre sa place au rendez-vous des bonnes choses.

Josette est une vieille féministe. Tu vois la plus féministe de tes copines féministes ? Eh bien, c'est notre Josette. Elle a milité au MLF, puis à deux-trois trucs bizarres, genre les gouines rouges mais en plus underground, qu'elle évoque à demi-mot. Le type de femme qui a toujours marché au son de son propre tambour.

Si je vous parle de ça, c'est parce que je ne sais pas trop comment les choses sont arrivées : un jour, je suis un docteur qui soigne tout le monde, le lendemain je reçois deux fois plus de femmes, dont trois fois plus de grosses, et quatre fois plus de lesbiennes*.

Elles doivent se passer le mot. Oui, mais lequel ?

Que je suis gay ? Sûrement pas, il y a des gays qui sont de vrais connards misogynes.

Que je ne suis pas du genre à demander à une patiente grosse qui consulte pour une angine combien elle pèse ? Ni à une lesbienne quel moyen de contraception elle utilise ?

Ou alors, plus simplement : « Le docteur aime bien les êtres humains, mais se méfie des hommes. Il sera du bon côté. » Elles se trompent : je ne me méfie pas des hommes, je les juge. Sévèrement. Et pour cause : j'en suis un. Je sais de quoi je parle !

Josette me résume une fois les choses : « Vous avez expliqué à mon petit-fils ce que vous recherchiez lors de votre examen clinique. J'ai trouvé ça bien. »

---

* Et avec ceci ? Les quelques pédés qui poireautent en salle d'attente, je vous les mets quand même, docteur ? Oui, c'est bon, et, comme personne n'en veut, je vais prendre les trans aussi.

C'est vous dire combien est bas le niveau d'exigence. Ou le respect dont certains collègues font preuve envers les malades qui frappent à leur porte.

Josette a soixante-six ans, une fille et un petit-fils, et elle gère un « club de mécanique automobile en non-mixité ». C'est apprendre la mécanique entre copines, mais sans avoir un mec qui t'interrompt toutes les deux secondes pour t'expliquer comment tenir ta clef à molette.

« Le bonheur, docteur !!! »

Je lui demande comment elle s'y est intéressée, elle marmonne un truc sur la guerre du Liban et des histoires de lutte armée en Amérique latine, bref je n'ai rien compris, mais elle a dû apprendre à faire rouler des engins dans des situations étonnantes, genre se faire tirer dessus au lance-roquettes.

Les gens sont souvent passionnants, leur histoire est précieuse, car il n'y en a jamais une pour ressembler à l'autre !

Josette transmet son savoir à d'autres femmes qui pourraient être amenées, elles aussi, à vouloir faire rouler des engins dans des conditions peu évidentes.

Josette est une sorte de super-héroïne de science-fiction, mais en plus ramassée, plus compacte. Et plus poilue. Dingue comme elle est poilue. C'est génial de voir une nana qui se moque autant du regard masculin. Elle vit rien que pour elle. Pas pour plaire. C'est fort, ça. Très fort. Quel mec mériterait la souffrance qu'elle s'infligerait à coups de cire brûlante ? Aucun. Y a de la dissidence dans ce pelage. Elle a le poil révolutionnaire, Josette.

Elle me montre une photo de leur atelier. Les femmes portent toutes des salopettes, genre bleus de travail informes, même pas ajustées à la taille ! Vous vous rendez compte ? Elles s'en beurrent la raie.

– Et vous faites ça pendant combien de temps ?

– Toute une journée.

– Mais quelle horreur !

– Nous, on adore !

Ensuite, quand elles en ont marre d'ouvrir des capots pour reconnaître un carburateur d'un radiateur, elles enfilent un jogging et prennent des cours d'autodéfense. La démarche ne manque pas de cohérence : elles peuvent changer une courroie de transmission usagée ET l'utiliser pour se passer les nerfs en étranglant n'importe quel mec lourdingue dans la rue, ce qui, à bien y réfléchir, est le meilleur usage qu'on puisse en tirer avant la déchetterie.

– Qu'est-ce qui vous amène, Josette ?

– J'étais à un stage de krav-maga ce week-end et je crois que j'ai un peu présumé de mes forces.

– C'est-à-dire ?

Elle montre sa charnière interne inférieure gauche (plus sobrement nommé « genou » dans le langage courant).

– C'est-à-dire que si j'appuie là, j'ai mal, et après c'est pire : j'ai peur.

On rit. Parce qu'on sait bien, elle et moi, qu'elle n'a peur de rien, Josette.

J'examine la jointure en question, elle est rouge comme une pomme, et ronde pareil. Une vraie Pink Lady. Enfin, pas normale. Les ménisques ou les ligaments, quelque chose a morflé.

– Winston Churchill avait raison, docteur : vaut mieux ne pas faire de sport dans la vie.

Ça lui va bien de dire ça, elle qui passe sa vie à courir pour aider la veuve et l'orpheline.

– J'ai un week-end de randonnée entre femmes dans un mois, vous croyez que ça ira, docteur ?

Je ne suis pas voyant, mais vu l'état du genou… Elle a peur de la chirurgie, j'essaie de la rassurer : le mec connaît son boulot, même qu'il fait ça toute la journée, d'ailleurs, si on y pense, une opération chirurgicale, c'est juste un petit trou très cher, hein !

– Dans tous les cas, je vais devoir vous envoyer à l'hôpital faire des examens, Josette.

Elle se raidit, puis montre son moignon de sein.

– Ah non ! Pas l'hôpital : chaque fois que j'y vais, ils m'enlèvent quelque chose !

C'est son quatrième cancer, Josette.

– Moi, j'sais d'où ça vient, me confie-t-elle. Je suis quelqu'un qui pleure quand elle picole. Pompette ? Je pleure, je pleure, je pleure, et quand il n'y a plus d'alcool et qu'il peut plus pleurer, mon corps fabrique un cancer. C'est mathématique !

Première fois qu'elle s'épanche ainsi, Josette. Évidemment, je saisis l'occasion.

– Et vous pleurez souvent ?

– Quand j'suis pas bourrée, vous voulez dire ?

– Euhhh… Oui.

– Alors non. J'ai souvent envie, mais j'me retiens.

– Pourquoi ?

– Aucune idée. Peut-être parce qu'il faudrait pas pleurer pour rien. Être certaine que la situation le mérite.

Mais la situation le mérite, Josette ! Les situations le méritent toutes. Si pleurer, c'est montrer son chagrin – donc témoigner d'un sens certain de la justice ici-bas –, pourquoi le mien refuse-t-il de sortir ? Où se cache-t-il ? Que cache-t-il ?

Je vais continuer à partager mes petites histoires d'êtres humains : quand ma bouche sera trop sèche, que je ne pourrai plus parler, je n'aurai pas d'autre choix pour témoigner du malheur des Hommes que de retrouver le chemin qui mène aux larmes.

Peut-être.

Avec un peu de chance, on pleurera après.

Trop perturbé par notre discussion et ne voulant pas laisser un silence gênant s'installer, ou pire, qu'elle me retourne ma question : et vous, docteur, vous pleurez souvent ?, je sors la première phrase me venant à l'esprit :

– C'est quand, la dernière fois qu'on a fait une prise de sang, Josette ?

Comme elle se sent fatiguée et qu'elle a perdu du poids, elle repart avec son ordonnance de bilan biologique sous le bras. Je ne songe à rien de méchant à ce moment-là, une belle anémie, plus de fer dans le globule, « elle est à zéro pour sang, la Josette », rien de plus. Et si je le mentionne, c'est parce que dans six mois elle sera morte.

Mais ça, je ne le sais pas.

Ni elle, d'ailleurs. Ça ne prévient jamais, le malheur.

Je pourrais ne pas vous avertir. Parler comme si de rien n'était et dans quelques pages vous asséner cette mort d'un coup d'un seul, mais on n'est pas là pour ça. JE ne suis pas là pour faire pleurer dans les chaumières avec des histoires de chasse. Je dis juste ce que je vois. C'est dur, parfois, de *dire* ce que l'on voit. Mais un truc encore plus dur, c'est bien de *voir ce que l'on voit*. Quand on entre chez les gens, que ces gens sont malades, qu'ils s'accrochent à votre blouse et placent en vous tout leur espoir, on voit. Quoi ? Nous. Tous dans notre vérité nue. Et c'est violent. Âpre. La « condition humaine », c'est bien l'expression la plus antinomique au monde, appelez-moi ça la condition inhumaine ! Je refuse d'accepter la totalité du réel, je plaide coupable. Alors je fourre de la poésie où il ne faut pas, peut-être même comme il ne faudrait pas, mais c'est vrai que c'est facile, la poésie : pas besoin d'avoir appris.

« C'est quand, la dernière fois qu'on a fait une prise de sang, Josette ? »

Je viens de poser ma question sans vraiment y penser. Elle n'était pas prévue au programme. Et si je ne l'avais pas posée ? Et si nous n'avions pas programmé cette prise de sang ? Peut-être ne serait-elle pas morte. Peut-être qu'elle aurait eu « plus de temps ». Que sa vie ne serait pas passée à toute vitesse. Peut-être que le cancer est réapparu à partir du moment exact où j'ai tamponné l'ordonnance pour sa prise de sang… CHLACK ! Et HOP ! Un laissez-passer pour la mort ! Paraît que la Lune n'existe pas si on cesse de la regarder…

À quoi ça tient, le destin ?

Est-ce que je ne surestime pas mon rôle dans toute cette putain d'histoire ? Personne n'a le pouvoir de faire apparaître un cancer chez les gens, hormis le radium sans doute, mais on n'a jamais vu de radium en blouse blanche.

Josette marquera ma jeune carrière de médecin de famille. On ne va pas se mentir : quand on voit vingt à trente personnes par jour, le soir quand on rentre à la maison tous les visages se mélangent. Quand le patient, lui, n'a vu qu'un seul praticien. Il t'a vu toi… Quelle responsabilité ! En bien comme en mal, le médecin peut bouleverser à vie une personne dont il ne se souviendra même pas…

Mais ici je ne veux partager que des visages qui marquent, tous ces visages dont les histoires m'empêchent, peut-être, de pleurer.

Si je me souviens très exactement du jour où se scelle le sort de Josette, c'est parce que je suis à deux doigts de lâcher des larmes ce jour-là. Certes, ce sont des larmes de bonheur, mais elles comptent aussi, j'imagine ? Et faudrait pas les oublier, celles-là, pourquoi n'y en aurait-il que pour la tristesse ? T'es là, à tourner autour du pot, à essayer de comprendre pourquoi tu n'arrives plus à pleurer, et PAF !, t'oublies qu'il existe, aussi, des larmes de joie !

Ça a failli arriver à cause d'une vidéo. J'ai déjà tenté, à ce moment-là de ma vie, d'aller fouiner sur Internet. C'est, avec les enterrements, un bon endroit pour chialer. On peut y distinguer différentes catégories de vidéos tire-larmes, et j'imagine qu'elles sont toutes redoutablement efficaces sur une personne normalement constituée. Il y a celles sur les soldats américains qui rentrent dans leur famille. Petit cri de surprise, suivi d'une éructation de joie, puis les embrassades et tout le tintouin ! À cette époque, je parasite aussi mon historique avec absolument toutes les séquences de chiens retrouvant leurs maîtres après des années de séparation. Tout y est, entre les glapissements, les aboiements étranglés, la queue qui frétille. Bref. Les enfants qui offrent à leur père d'adoption les papiers qui les consacrent légalement, ça aussi, c'est quelque chose !

Ça ferait chialer une pierre. Moi rien. Du tout.

Je tente encore la vidéo de cette vieille danseuse étoile, Alzheimer bien avancé, abandonnée sur son fauteuil roulant au milieu d'un EHPAD, les yeux hagards. Tout à coup, Tchaïkovski résonne en salle de cantine, son regard s'éclaire et elle sort de sa gangue de vieillesse pour retrouver les gestes, ses bras suivent la chorégraphie de l'orchestre, elle rejoint le chemin du *Lac des cygnes*, d'instinct.

Même cet extrait où un enfant sourd est appareillé en direct et se met à entendre les bruits du monde pour la première fois. Si un gosse mort en moi a noué les cordons de mes larmes, peut-être qu'un autre gosse, bien vivant celui-ci… Vous vous rendez compte ? Un enfant sourd !

Qui peut regarder ça sans chialer ?

Moi je peux.

Un jour, une patiente, Zina, manque de réussir son coup. Fille aînée d'une famille de sans-papiers immigrée en France, elle avait sauté sur une mine anti-personnel à l'âge de six ans, avait survécu mais avait dû être amputée d'une jambe.

Vous voyez le topo ? Un vrai décor de film à Oscar.

C'était une petite fille très énergique à l'époque du drame, et, quand je l'ai rencontrée, elle était devenue une adolescente sportive, mais qui avait dû sacrifier son activité favorite sur l'autel du handicap. Sa prothèse, bas de gamme, lui occasionnait d'atroces douleurs au moignon et l'empêchait de se mettre en appui. Je m'étais défoncé pour réunir autour de Zina une équipe pluridisciplinaire, avec un chirurgien génial – il a accepté de reprendre son moignon au bloc opératoire –, et un prothésiste formidablement impliqué prêt à tout pour améliorer la qualité de vie de cette jeune fille. Des collègues merveilleux ! C'est comme partout : il y a la même proportion de connards chez les médecins que dans la population générale*.

* La grosse différence, c'est que votre boulanger ne vous ponctionne pas la muqueuse du rectum avant de vous annoncer que vous avez un cancer qui vous fera passer l'arme à gauche !

On touche du doigt ce qui fait l'étrangeté de la médecine générale : parfois on se fait le relais entre le spécialiste et le patient, parfois encore, à cause de la charge de travail des uns et des autres, et pour tout un tas d'autres raisons indépendantes de notre volonté, on sort de la boucle, et on reste sans nouvelles d'un patient qui nous avait pourtant tellement ému.

C'est le jour du bilan biologique de Josette que Zina revient au cabinet médical, avec quelques années de plus et un smartphone, attendant son tour derrière notre féministe en salopette préférée. Son français est impeccable, elle entre au lycée et veut me remercier : elle ne m'a pas oublié, et ses parents – qui sont présents durant la consultation – non plus. Qu'est-ce que vous voulez que je vous dise ? Ça touche. Zina soulève, tout sourire, le bas de pantalon de sa jambe droite et me montre l'extraordinaire lame de carbone qui lui sert désormais d'appui.

– Je n'ai presque plus de douleurs, docteur !

Ensuite elle m'explique avoir subi plusieurs opérations pour atténuer ses souffrances. Et là, vous savez ce qu'elle m'offre, Zina ?! Elle me tape sur l'épaule, puis, de la malice dans les yeux, elle me tend son smartphone :

– Regardez, docteur !

C'est elle, au fond d'une rue… Le soleil se couche, on la voit qui s'élance et qui court vers le téléphone, à toute vitesse, les bras levés. Faut croire que c'est possible : être brisé, mais continuer à avancer.

– Ces images sont pour vous. Merci, docteur !

Je vois ses yeux s'embuer. Je sens que ça monte aussi en moi, mais au dernier moment… *Nada*. J'ai résisté à la vieille Alzheimer qui danse, au soldat qui chiale, à l'enfant sourd. Devinez quoi ? Mon corps ne lâchera rien pour l'estropiée qui réussit à courir. Alors même qu'elle est devant moi, en chair, en os et en carbone.

Pleurer devant des gens, c'est comme se mettre nu, ça demande du lâcher-prise (je n'en ai pas quand je suis seul, alors avec quelqu'un ?). Ça et autre chose : de la confiance. Peut-être n'avais-je pas assez confiance en Zina pour me laisser aller. Clairement, la réciproque n'est pas vraie. Zina sanglote devant moi. Quel cadeau ! Même lorsqu'elles sont joyeuses, les larmes cachent une blessure intime, ou une impuissance.

Est-ce que Zina pleure parce qu'elle a réussi ce que le pronostic médical lui a si longtemps refusé ?

Ces larmes, que cachent-elles ? Une tension extrême qui se relâche ? Un regret ? La vie qu'on s'est vu refusée ? Oui, oui et oui. Mais de la joie ?

En vrai, quand Zina pleure « de joie » ce jour-là, elle pleure aussi « de peine ». Ses larmes sont celles du sentiment de souffrance et de séparation : elle a dans cette ruelle, l'espace d'un instant, retrouvé l'enfant qu'elle avait été, celle d'avant l'explosion, les opérations, le moignon magnifique, la souffrance et les grandes calamités. Après toutes les fois où elle a pleuré sa peine, elle pleure la vie, oui, mais laquelle ? Celle qu'elle aurait pu avoir ? Celle qu'elle aura malgré tout ?

J'aimerais parfois manquer de lucidité, me contenter de la joie et du reste.

Bien des mois plus tard, après qu'on a diagnostiqué son cinquième cancer à Josette, j'irai la voir à domicile (la veiller, pour être exact) et je parlerai avec elle de mon gros souci avec les larmes. On parle tellement plus facilement avec les condamnés à mort, on sait qu'il n'y a pas de jugement ou que, si jugement il y a, il sera enterré très vite.

Josette écoute mes confidences. Je lui parle même de Zina, de sa vidéo, de ma sécheresse – tout ce désert de larmes face à cette gamine.

– C'est étrange, me répond-elle en remontant sur elle la couverture de son lit médicalisé.

La veille, ils ont parlé de la vie et de la mort avec son petit-fils de six ans, et, quand elle lui a demandé s'il savait ce que signifiait le mot « chagrin », il lui a répondu : « Le chagrin, c'est quand on n'a plus de prénom. » J'ai repensé au gosse mort que je trimballe dans ma tête. Et c'est vrai que je ne me souviens pas de son prénom. Il s'est effacé. Toute la scène est là, intacte, mais le prénom a disparu. Peut-être qu'il s'appelait Paul ? Ou Moussa ? Peut-être même qu'il s'appelait Jean, comme moi ? Je ne sais plus. Comment est-ce possible d'oublier son prénom ? Il n'empêche, je n'ai pas vraiment compris (ni Josette) ce que son petit-fils voulait dire. Mais ça me rappelle cet autre enfant que j'ai vu un jour en consultation, et dont j'ai « passé » l'histoire à Josette quelques jours avant sa mort.

Tout ce que je partage m'aide. Ça m'a aidé de l'offrir à Josette, comme ça m'aide de vous l'offrir, elle et toutes les autres. M'aider à quoi ? Je l'ignore. Parfois on parle parce que si on s'arrête on pleurerait à coup sûr. Moi, je ne crois pas que ce soit ça. Alors, pourquoi ? Pour me délester ? Pour me comprendre ? Moi ou mes réactions ? Les histoires des autres sont un outil pour mieux lire la mienne, comme des pierres de Rosette qui nous traduiraient la manière dont le monde parle à travers nos êtres et nos destinées. Peut-être que je crie tout ça dans le vent. Est-ce que ce serait mal pour autant ? Des mots dans le vent, c'est mieux que rien.

Le monde, je l'ai vu parler un jour à travers Miran, un enfant syrien de onze ans que je rencontre au cabinet médical en soignant son papa. Ses parents sont réfugiés. Quand Miran entre au cabinet, il me prend dans les bras comme si nous étions amis de longue date et me serre fort contre lui. Les patients en salle d'attente sourient, un peu gênés. Moi, je reste les bras ballants, lui tapote l'épaule, sans savoir comment réagir. C'est la première fois qu'on se voit, petit, fais pas ça ! Ses parents, aidés d'une traductrice, m'expliquent que Miran souffre d'un handicap mental léger. Il est toujours ainsi, même avec les inconnus.

Pendant que tout ce petit monde s'installe à mon bureau, le gamin commente, tout sourire, les objets qu'il voit en les pointant du doigt. Il a l'air heureux de tout, je ne comprends rien. Mais ça me va. La traductrice raconte : la fuite depuis leur ville natale, les longs trajets en camion, les nuits sans dormir, la faim, la soif, le froid, la peur au ventre, la traversée périlleuse de la Méditerranée, les passeurs, l'argent qui circule de main en main, les humiliations, la Faucheuse omniprésente.

Pendant l'entretien, Miran est perché sur la table d'examen où il a grimpé tout seul. Il s'y balance d'avant en arrière, en chantonnant. Moi, sur le côté, je ne pipe rien, je ne parle pas syrien, mais elle est incroyablement belle, cette berceuse. À la fin, alors que l'oisillon Miran est encore sur sa branche, je me permets de demander aux parents :

– C'est beau. On dirait une prière ou un poème… Elle signifie quoi, cette chanson ?

La traductrice m'explique. Miran ne chante pas. Il récite. Quand Miran se sent à l'aise, il aime s'asseoir et réciter la liste de toutes les personnes qu'il a rencontrées depuis qu'il est né. Il les connaît toutes par cœur ! À force de répéter leurs prénoms ! Tous les jours, il en ajoute de nouveaux. Tous ceux qui croisent sa route depuis sa naissance dans un pays en guerre jusqu'à son arrivée dans un pays en paix.

Une liste immense. Des visages. Des dizaines de visages. Qu'il honore. En chantant leurs prénoms. Il commence toujours par ceux des personnes de son quartier d'enfance. Combien de morts parmi ces noms-là ?

Peut-être qu'un jour il dira mon prénom ? Peut-être que si vous le rencontrez et qu'on lui laisse assez de temps il chantera le vôtre. Parce que Miran est heureux, tout le temps, et que, même s'il est dans son monde à lui, il se souvient de nous tous.

Me reviennent en mémoire les mots de cette poétesse anglaise, Joan Anglund : « Un oiseau ne chante pas parce qu'il a une réponse, mais parce qu'il a une chanson. » Miran, c'était ça : un oiseau sans réponse, mais avec une chanson. Et plein de visages dedans.

Lors de leur départ, le père murmure en me serrant la main : « Je suis enchanté de vous avoir rencontré. »

S'il savait combien c'est moi qui suis enchanté de l'avoir rencontré, lui et son enfant dont on se moque souvent dans la rue, ou dans les salles d'attente, sans savoir que c'est l'humanité tout entière, les vivants comme les morts, qui est chantée et célébrée par sa bouche.

Quel rapport avec la mort du gosse ? Quel rapport entre deux enfants, un vivant qui chante les morts, et un mort qui hante les vivants ? Comment dire ça sans paraître effroyablement niais ? On est tellement beaux, nous, les humains. On est tellement incroyablement beaux que c'est aveuglant. Le reste, c'est de la misère. D'ailleurs, l'humain, c'est 90 % de misère pour 10 % de beauté brute, mais il faut se battre pour ça. Vraiment. Pour les petits garçons du bout du monde qui s'installent un matin sans vous prévenir sur votre table d'examen, puis chantent les morts et les vivants.

Pardon, j'ai besoin d'une pause, là.

C'est horriblement prodigieux, les larmes, ça pourrait presque vous prendre par surprise. J'ai cru qu'elles arrivaient, mais non. Rien. Mon corps, ma gorge, ma tête, ma bouche, mes yeux, quelque chose a retenu le truc au dernier moment. Pas grave. Je continue. On verra bien la prochaine fois, au prochain coup. Croisons les doigts !

Donc c'est peut-être vrai, ce que raconte le petit-fils de Josette : le chagrin, c'est quand on n'a plus de prénom.

D'ailleurs ça doit être pour ça qu'il veut que je passe le voir chez lui de temps en temps, M. Soares.

Parce qu'il n'a plus personne pour l'appeler par son prénom.

Alors, quand je vais le visiter ces derniers temps, je ne m'annonce plus avec un simple « Bonjour ». Ni même « Bonjour, monsieur Soares ». Je dis « Bonjour, Alvaro ».

Il vit dans son minuscule appartement, cage à lapin coincée dans une barre de HLM grisâtre pleine de clapiers tristement identiques. On ne doit pas y rêver beaucoup. Sans rêve, qu'est-ce qui te reste ? De toute façon, la première différence entre les riches et les pauvres, c'est d'avoir des pièces qui ne servent à rien. Les rêves en moins, ça vient juste après.

Alvaro est toujours accoudé à la table en Formica de la cuisine, la cuisine qui sert aussi de salon et de salle à manger. Devant lui, un paquet de cigarettes, un autre de fraises Tagada déjà bien entamé et deux boîtes de pansements, avec un rouleau d'essuie-tout, pour le cas où sa peau se mettrait à fuir. Il tient un stylo-bille dans sa main. Il a gribouillé sur une feuille de Sopalin la silhouette d'un personnage de dos, petit et rond. Un petit chat trottine à ses côtés. C'est joli. Simple, mais joli. D'un trait sûr.

– Quoi que je fasse, je rate tout, alors je rate du mieux possible, m'indique Alvaro tandis que je lui fais part de mon avis sur ses talents de dessinateur.

– Ça, c'est mister Cheap, ajoute-t-il en montrant son personnage. Quand j'étais plus jeune, j'avais dessiné plein de BD, et c'était le héros. Mister Cheap, avec son chapeau en galette, et toujours accompagné de son chat. Mister Cheap, il cherche d'autres misters Cheap comme lui, qui rêvent d'une vie meilleure, et ils montent dans un métro, avec leurs chats et leurs rêves. Et comme ils sont nombreux, ils se disent que, peut-être, s'ils rêvent tous en même temps, il se passera quelque chose. Et là, les quais défilent de plus en vite, et la rame, vous voyez, docteur, elle accélère tellement que, BIM !, elle explose le fond du tunnel, et elle s'envole, si haut qu'elle passe devant le Soleil, puis elle retombe et glisse sur une très longue plage. Les misters Cheap sortent du wagon, mettent une main devant leurs yeux pour s'habituer à la lumière et, enfin heureux, ils s'avancent vers l'océan, mais plus ils avancent, plus ils s'enfoncent dans le sable, tant et si bien qu'à la fin il ne reste plus que leurs chapeaux ronds qui dépassent, et là, on s'aperçoit que ce n'était qu'un rêve, les misters Cheap étaient toujours dans la grande ville qui les a engloutis, et leurs chapeaux ronds se sont transformés en pavés. Les pavés des rues, ce sont les chapeaux des misters Cheap qui ont trop espéré et que la vie a dévorés. Voilà.

Alvaro se tait, après ce long récit, puis il cherche son paquet de cigarettes. Il frotte son front tout sec, sa belle région à rides, avale une fraise Tagada avant d'ajouter à demi-mot, mais avec le ton déterminé d'un type qui ne serait pas contre un petit verre de whisky :

– Je vous ai dit combien j'aime les chats ?

Je ne réponds rien, mais je comprends : contrairement aux chiens, on n'a jamais vu de chats travailler avec la police. On est là, tous les deux, seuls mais ensemble, comme deux acteurs posés sous l'œil d'une caméra qui peinerait à démarrer. Je ressens à cet instant un immense sentiment de fraternité. La confidence qu'il vient de me faire, on ne l'accorde qu'à un camarade avec lequel on se sait partager assez d'humanité. Il est, en un instant, devenu mon frère.

Mister Cheap. Pas de prénom. Mais un nom anglais « parce que j'ai jamais été foutu d'aligner trois mots dans la langue de ma femme ! ».

Je respecte une pause, ce qu'il faut – je reconnais le bruit qu'il a mis dans son silence –, puis je demande où sont passés tous ses dessins.

– Je les ai brûlés à la mort de Charlotte.

Notre métier est plus beau quand on y reconnaît nos failles. Je n'ai pas pu m'occuper de mes grands-parents comme je l'aurais voulu. Mais la vie n'est pas si nulle. Elle nous permet de nous rattraper. On prend ses revanches où on peut.

– Comment ça se passe, au cabinet ? me demande Alvaro pour casser cette épaisseur de silence qui s'est glissée dans l'appartement.

Je lui raconte la visite d'un patient et de son fils :

– Docteur, je m'inquiète, mon gamin est plus petit et gros que grand et mince, et je me demande si c'est pas dû à la constipation…

Petite brèche dans le vernis tragique qui sert de façade à Alvaro. Pas peu fier de ce résultat, je porte l'estocade :

– La vérité, Alvaro, j'ai pris 15 kilos depuis que je suis généraliste. Je me demande si c'est pas parce que j'en ai plein les couilles.

Qu'est-ce qui me prend ? Je me sens investi d'une mission bien bancale : je veux faire rire Alvaro. Je lui retape une cigarette, m'éclaircis la voix et, je m'en souviens très bien, je lui dis :

– Je vous ai déjà raconté la pire consultation de ma vie, Alvaro ?

Évidemment que non. Tant mieux. Je vais utiliser les histoires des autres pour apporter un peu de lumière à la sienne. Comme si une part de moi s'était mise à croire : si tu fais rire quelqu'un tout de suite, tu réussiras enfin à repleurer un jour. Bizarre, hein ? C'est comme ça que j'en suis arrivé à lui faire le récit de la fois où j'ai été le pire médecin du monde (c'est-à-dire un vrai romancier, mais vous allez voir...). Je recevais au cabinet M. Barry, un bon pépère, cinquante-cinq ans, qui tentait de refaire sa vie après un mariage malheureux.

– Bref, rien de nouveau sous le soleil, Alvaro, mais ce n'est pas pour autant anecdotique.

Là je marque une pause, jette un œil en coin à M. Soares et balance du bout des lèvres :

– Je les aime bien, les M. Barry, qui ne perdent pas l'espoir de relancer la machine à bonheur. Ils ont bien raison : la vie, c'est jamais totalement cuit, il suffit d'un peu de joie, n'importe laquelle, n'importe comment, pour que, HOP !, tout recommence. Faudrait le rappeler à tous ces gens qui se lèvent un matin et, BIM !, l'existence leur fait une nouvelle crasse, leur tord le bras une fois de trop, et sans s'en rendre compte (c'est le pire, ça !) ils rendent les armes, ils ne se défendent plus. Ensuite, ils mettent trente ans, trente-cinq, quarante ans à mourir. J'espère que ça ne m'arrivera jamais, Alvaro…

Visiblement je manque de subtilité : Alvaro s'impatiente. Je lui promets de la rigolerie, et au lieu de ça je digresse.

– M. Barry s'inquiétait à fond. « J'ai la nausée, j'ai mal au ventre, et la diarrhée, de l'eau de l'eau de l'eau, ça ne m'arrive que le week-end, quand je vais chez ma nouvelle compagne, ou quand c'est elle qui vient à la maison… » Barry attend que je devine la suite mais, n'étant pas devin, j'adopte ce que j'appelle habituellement « le silence concerné ». En gros, je me tais et j'attends que la gêne soit suffisamment intense pour que le patient accouche enfin de son mystère.

On met deux ans à apprendre à parler, mais faut toute une vie pour apprendre à se taire. Et là, précisément, faut se taire. Finalement, le patient me sort : « Je vais vous dire quelque chose, docteur, je vous demande d'avoir l'esprit ouvert, et de ne pas me juger. J'ai peur que vous me cataloguiez dingo de service ! »

Je hoche la tête et ouvre les mains : « Vous êtes dans un cabinet médical, on n'est pas ici pour cataloguer qui que ce soit. »

J'ai affirmé ça avec une assurance et un sérieux remarquables, alors que, soyons francs, avant d'être un bon médecin qui ne doit pas juger les gens, je suis français : je t'ai jugé avant même que tu n'aies ouvert la bouche. J'essaie tous les jours de changer, mais c'est dur, certains confrères prennent leur retraite sans avoir jamais tenté l'aventure. « Je vous écoute, monsieur Barry. – Voilà... Je crois que ma compagne essaie de m'empoisonner. »

– Ahhhh ! fait Alvaro. Alors ça, je ne m'y attendais pas !

Mon histoire (et ma consultation) bascule: elle devient passionnante. Alvaro, comme moi, comme vous, a de l'appétit pour les faits divers.

– J'ai demandé à M. Barry ce qui lui faisait dire ça et il m'a répondu que tout se passait bien entre eux, mais que depuis qu'il l'a couchée sur son testament il a commencé à souffrir de problèmes de ventre… Vomissement, douleurs, diarrhées, crampes et tout le tintouin! Ça a débuté doucettement et maintenant, c'est tout le temps. Ce qui lui a mis la puce à l'oreille? Elle seule prépare les repas quand ils se voient. «Ne t'approche pas de ma cuisine» qu'elle lui dit, même chez lui! Alors, oui, c'est un bon petit dîner aux chandelles, vu qu'elle ne manque pas de talent, mais irrémédiablement, le lundi, quand il retourne au travail après l'avoir quittée, BIM, il rend tripes et boyaux. Tous les lundis. Depuis qu'ils sont allés chez le notaire.

Alvaro me demande la suite. Mais à dire vrai, moi, j'ignorais quoi répondre. Je n'ai pas été formé pour ça. Il n'existe pas de cours à la fac: «Gastroentérite ou tentative de meurtre à l'arsenic: diagnostics différentiels». Ça manque.

J'ai lu beaucoup trop de romans noirs pour ne pas savoir comment réagir, mais tout de même, avec le recul, je suis allé trop loin… J'en ai encore honte.

– Mais vous avez essayé de mettre vos doutes à l'épreuve, monsieur Barry ?

– C'est-à-dire, docteur ?

Et là, pardonnez-moi, Alvaro, pardonnez-moi, Pasteur, pardonnez-moi, Hippocrate, pardonnez-moi, Meredith Grey, je suis parti dans un grand festival du n'importe quoi, il faut vraiment que j'arrête les séries, ça me pourrit le cervelet, il faut que j'arrête d'écrire des romans, ça me donne l'impression de vivre dedans, même si j'avoue que je ne serais pas contre mettre un peu de piment dans ma vie et mes consultations.

– Avez-vous essayé de mettre une caméra dans la cuisine, pour regarder comment elle prépare les plats ?

Et j'ajoute en levant un index :

– Comment… et avec quoi ?!

– Ah non, je n'y ai pas pensé.

– Voilà, on n'y pense jamais.

Alvaro se tape la cuisse, et s'exclame : « Pour cause, qu'on'y pense jamais, à l'antigel dans le taboulé ! »

Je regarde ses yeux, sa bouche, il sourit mais ne rit pas. Pas encore. Pourtant je tiens quelque chose, je le sens.

J'étais en veine d'inspiration, alors je continue sur ma lancée :

– Il me vient une idée toute bête. (Je me penche et me mets à chuchoter.) Est-ce que vous avez essayé, quand elle a le dos tourné, d'inverser vos assiettes ?

– Non, du tout.

– Faites-le. Si c'est elle qui tombe malade, vous la tiendrez, votre réponse !

Je le vois sortir un crayon à papier, emprunter un Post-it sur mon bureau et prendre des notes. J'ai dû être sacrément convaincant, pépère adhère. Hum, hum, petit 1, installer une caméra, hum, hum, petit 2, inverser les plats. Je donnais l'air d'y croire, à sa fable, et peut-être était-ce le pire : j'y croyais un peu. Je n'allais pas m'arrêter là, il avait la mine toute captivée par mes propositions, je lui demande donc avec le plus grand des sérieux :

– Tenez, j'y pense : avez-vous un chien ?

Vous sentez venir le truc ? Parce que Alvaro a senti, lui. J'allais le faire rire, sûr de sûr. Évidemment, il suffisait d'envoyer un échantillon de son sang au centre antipoison et basta ! Mais non. Je m'étais transformé en grand n'importe quoi, le Jessica Fletcher de l'otoscope.

– Ah bah, oui, docteur, un beau teckel. Un allemand. Pure race.

– C'est bien, les pures races, monsieur Barry. Leur estomac ne ment pas…

Je me frotte longuement la barbe, adopte un air détaché.

– Et si vous essayiez de mettre un peu de votre plat de côté ? Pour le donner au chien ? Vous verrez bien, alors, s'il se met à chier partout comme une poule.

Je n'en peux plus. Ce métier me tue, c'est trop. Lui, il hoche la tête frénétiquement. Hum, hum, petit 3, faire goûter au chien pour voir s'il chie partout comme une poule. Il n'est pas venu pour rien, la Sécurité sociale en aura pour ses 25 euros.

– Elle fait souvent du couscous. Vous croyez que ça mange du couscous, les chiens ?

– Les boulettes, c'est dans le couscous ou dans le tajine ?

– Le couscous, je crois.

– Quel chien ne raffole pas des boulettes ? C'est dans la poche, monsieur Barry.

Je regarde Alvaro rire aux éclats. Enfin. Je n'ai pas gaspillé mon temps, et le contribuable sa cotisation sociale. Moi, c'est 35 euros la visite, rires compris. Mon vieux patient s'interroge : pourquoi suis-je parti en improvisation totale ? Aujourd'hui encore, je me pose la question. Peut-être que, parfois, le réel est tellement fort que la fiction paraît la solution ? Peut-être parce qu'une part de moi refusait d'admettre devant le patient que j'ignorais totalement comment l'aider ? Il faut dire aussi : il m'a pris par surprise, M. Barry.

Le bon pépère est de retour un mois plus tard, et je souhaite savoir où il en est de ses investigations.

– J'ai inversé les plats : et rien. J'ai installé une caméra sur un placard : et rien.

– Du tout ?

– Du tout. Elle cuisine, rien de plus. Elle met peut-être un peu trop de sucre, un peu trop d'huile d'olive, un peu trop de beurre.

– Attention, je m'y connais, on ne met jamais assez de beurre ! Dites-lui de prendre du 250 grammes, pas du 125 ! Et le chien ?

– Il a mangé tout le couscous ! Semoule comprise !

– Vous voyez ! Je vous l'avais bien dit ! Et il n'a rien eu ?

– Rien. Il en a redemandé.

– Et vous avez toujours des symptômes intestinaux après l'avoir vue ?

– Nausées et diarrhée ? Plus que jamais. Du coup, docteur, vous en pensez quoi ?

Je n'en pensais rien, alors il a bien fallu qu'on se rende à l'évidence, lui et moi : s'il avait mal au ventre quand il la quittait, c'est simplement parce qu'il souffrait d'un mal très ancien et incurable, il était, le pauvre, raide dingue amoureux d'elle. Ce qu'il a volontiers reconnu. Il va même la demander en mariage bientôt.

– Voilà, Alvaro. C'était la pire honte de ma vie de médecin.

– Tout est bien qui finit bien ! me répond Alvaro, en lâchant un « ah » sonore.

La vie n'est pas si compliquée qu'on voudrait l'imaginer parfois, même si l'amour vous pousse à commettre des choses folles. Mais avouez que la morale de l'histoire – on a risqué la vie de deux personnes et d'un chien, tout ça pour conclure que l'amour, ça lui filait la chiasse – a de quoi faire réfléchir…

Je lui tape sur l'épaule et conclus :

– Ne vous inquiétez pas : je serai fidèle au poste pour son futur divorce !

Je laisse M. Soares hilare (là, j'exagère un peu) et je repars sur mon vélo, après lui avoir promis de revenir bientôt. Ce jour-là, quelqu'un qui ne sait plus pleurer a fait sourire quelqu'un qui n'arrivait plus à rire.

Il se passe, parfois, de grandes choses entre les petites gens.

Mon métier, c'est gratouiller dans la nature humaine. Dans ce qu'elle a de meilleur comme dans ce qu'elle a de pire, mais je ne suis pas d'accord avec ceux qui t'expliquent que c'est dans le pire qu'elle est la meilleure. Globalement, je crois qu'on bataille tous comme on peut, et qu'on est tous paumés. D'une façon ou d'une autre, qu'on sache ou non pleurer.

Quelques semaines plus tard, quand je me rends au domicile de Josette après qu'on lui a découvert son cinquième ou sixième cancer, je m'y perds, c'est une autre femme que je découvre : pâle, amaigrie, effrayée, qui sent que les carottes sont cuites.

Elle jouit d'une jolie chartreuse avec jardin intime, d'une chienne qui s'appelle Criquette, adorable et câline. Elle remonte bien le moral de Josette, avec ses jappements enthousiastes et ses léchouilles.

Comme quoi, on a toujours besoin d'un plus petit que soi dans la vie. Sauf si c'est un cancer, évidemment. Le sien, à Josette, c'est une belle saloperie inopérable, qui – en plus ! – a le mauvais goût d'ignorer la chimiothérapie.

Les métastases cutanées ne sont pas fréquentes, mais ça arrive, et c'est jamais joli-joli : il lui pousse sur le corps comme des pelotes de veines toutes dures, sur les genoux, sur les mollets, sur les cuisses, sur les bras, partout.

Elle trouve ça atroce, Josette, et elle a franchement raison, alors elle a marouflé tous les miroirs de la maison en les recouvrant avec de grands draps blancs.

– Comme ça, je peux prendre ma douche sans croiser mon reflet, qu'elle me glisse.

Tout est bon pour tenter d'oublier le terrain de pétanque qu'est devenu son corps. La guerre des malades est aussi (avant tout ?) psychologique.

– Comment ça va, Josette ?

Elle ne me répond pas, elle sourit tristement, elle se bat, elle a de l'espoir, c'est important, ça, l'espoir, et puis elle a sa famille.

L'espoir, c'est clairement pas moi qui le lui ai donné. Pour cause : je sais ce qu'il en est. Le sort en est jeté. Je pense que sa fille a compris.

Josette, elle, s'accroche, donne même le change, tient de petits discours tragiques comme quoi la mort ne l'effraie pas, « c'est le terminus du train de la vie, tout le monde descend ». Mais je sais à quoi elle pense secrètement : il y a encore une chance. Alors elle continue la guerre.

C'est indicible, ce qu'elle traverse, ce moment final où le corps et l'existence nous font comprendre qu'il va bientôt falloir rendre les clefs.

Au fond, elle voudrait arrêter de mourir.

Chaque fois que je toque à la porte de Josette, elle est dans sa cuisine, en train de cuire des blettes, ou du tofu, ou des choux de Bruxelles. À l'eau, et rien d'autre. Un mets bien insipide, sans sucre, sans gras, ni goût.

– Je sais que vous allez râler, docteur, mais c'est mon naturopathe, il me dit de m'accrocher, que tout n'est pas fini, que si je ne nourris plus la tumeur avec du sucre, les cellules cancéreuses n'auront plus assez d'énergie pour se reproduire.

Vous imaginez, vous ? Il vous reste quelques mois à vivre et vous les perdez à remplir des cocottes d'eau claire, de cubes de soja ou d'endives nature.

Elle n'a même pas droit à la béchamel, Josette, c'est le naturopathe qui l'a dit. Et Dieu sait si c'est facile à convaincre, un mourant ! Pas croyable, des conneries pareilles ! La médecine alternative ? L'alternative à la médecine, oui ! Ça ne mange pas de pain, ça ne fait pas de miettes. L'homéopathie, par exemple, c'est prétendument soigner le mal par le mal. Une guêpe vous pique ? Hop ! Vous broyez puis diluez le corps d'une abeille dans une piscine olympique, avant de gober une partie de ce tout rempli de trois fois rien. Je suis désolé, messieurs-dames, mais ce n'est plus de la médecine, ça, c'est la loi du talion !

Pourtant, je ne dis rien, ronge mon frein et serre les dents. Je peux être très fort en mensonges, bac + 12 en sournoiseries, surtout quand il le faut, et là il le faut. C'est quelque chose, l'espoir. Pour elle, pour les siens. Elle pense mettre toutes les chances de son côté, avoir un peu de contrôle sur ce corps qui se fait la malle.

– Tout de même, docteur, qu'est-ce que je donnerais pas pour une bonne orange, une bonne grosse orange sucrée bien juteuse !

– Je pense que vous pouvez y aller, vous savez, ce n'est pas une orange qui va vous tuer.

Bizarre de dire ça à quelqu'un qui a une boule de la taille d'un melon d'eau au niveau de l'aisselle…

Mais non, jusqu'à la fin des fins elle va se priver, Josette. Même qu'elle se met à croire, un jour. Après les blettes vient le temps du bon Dieu… J'entre, l'odeur a changé : on est passé du mijoté de rien-du-tout à l'odeur de cathédrale un dimanche de Pâques. Son intérieur est colonisé par des rosaires, des bougies à neuvaine, des médailles en toc Sainte-Marie-Mater Dei. Une féministe comme elle ? Pensez donc ! Elle n'était pas croyante pour deux sous, et voilà qu'elle collectionne les chapelets ! La peur fait faire des choses complètement folles. Si l'agonie au ralenti rendait lucide, ça se saurait.

Cette situation m'embête vraiment, mais je ne vais pas entrer et lui jeter à la tête :

– Tu sais, Josette – oui je la tutoie, je dis tu à tous les gens que j'accompagne au bout du chemin –, c'est foutu ! Foutu de chez foutu ! Tu ferais mieux d'y aller à fond sur les profiteroles, et le magret de canard au porto !

Qui suis-je pour être ce messager-là ?

En tout cas, je ne suis pas son naturopathe. Il prend 90 euros la demi-heure, le cochon ! Josette paie, et plus elle paie, plus elle se persuade de pouvoir guérir de sa saloperie, pour une raison très simple, bête comme chou : il ne lui ferait pas payer une telle somme sans savoir de quoi il parle, le naturopathe, non ? Comme quoi, le cancer n'est pas un drame pour tout le monde !

Oui, j'en reviens à la gestion de la colère : vous n'imaginez pas comme c'est difficile, quand on va chez un malade toutes les semaines, qu'on s'échine à fourrer par-ci, par-là du confort fondamental, oh pas grand-chose, du petit plaisir basique, élémentaire, tout pour adoucir les derniers jours, et qu'on assiste impuissant au saccage de son travail par un type sans diplôme qui s'est formé en un week-end sur Internet. C'est pas des manières de faire croire aux mourants que c'est de leur faute s'ils ne verront pas leurs gosses grandir, ni ne pourront serrer leurs petits-enfants dans leurs bras: «Josette, fallait pas la manger, cette grosse orange bien juteuse et bien sucrée. Maintenant, faut passer à la caisse!»

Je lui aurais bien dit deux mots, au naturopathe, mais il n'est jamais venu la visiter à domicile, Josette. Pour pas renifler l'odeur de la merde qu'il a étalée sur les murs, sûrement. J'imagine que *même lui* avait un minimum d'exigence morale: il ne lui aurait pas menti de cette manière s'il avait vu les draps blancs sur les miroirs de la salle de bains et, en train de mijoter sur la cuisinière, la cassolette d'eau aromatisée à l'eau.

Mais bon, ça lui a donné de l'espoir, à Josette (et à lui, 90 euros).

Moi, je prenais mon mal en patience.

L'espérance, c'est le petit déjeuner du malade. Qui est-on pour leur enlever ce pain-là de la bouche ? L'autre jour, M. Artigues me montre son eczéma autour des yeux : sa naturopathe met ça sur le compte d'un excès de curiosité dans une vie antérieure.

– Vous en pensez quoi, docteur ?

Y a pas trente-six solutions.

Soit je réponds la vérité : « Elle vous fait payer cher ses divagations, que des sottises non prouvées par la science et qui, en plus, font reposer sur vos épaules la culpabilité d'avoir développé ce masque de croûtes ! Rien que pour ça, on devrait la recouvrir de goudron et de plumes. »

Soit je demande à M. Artigues ce que lui en pense : cette explication le satisfait-il ? Si oui, qu'est-ce qu'on s'en fiche de mon avis? Car le but, c'est qu'il aille mieux, M. Artigues, qu'il guérisse ou, à défaut de guérir, qu'il vive mieux avec sa maladie (en résumé, « la fin justifie les moyens »).

Rétablir la symétrie entre soignant et soigné, c'est aussi épouser les choix du patient, les tenir pour seule boussole, quand bien même ces choix ne cadrent pas avec notre vision. C'est savoir s'effacer derrière sa vérité, et accepter de ne pas *toujours avoir raison*.

Comme quoi... On croit crever des abcès, déboucher des conduits ou ratiboiser de la cystite, du carcinome et du morpion, mais le cœur du métier, c'est la philosophie !

Tenez, j'en veux pour preuve le visage tout serré de colère de Mme Sud.

Je pose le décor : la salle d'attente est bondée. Des patients poireautent même dehors, sur les marches. Je suis arrivé en retard à la consultation, à cause de ma visite chez Josette.

J'ouvre la porte et j'aperçois M. Nord, accompagné de sa fille de seize ans qui est porteuse d'un très lourd handicap psychomoteur.

Le père lève la tête vers moi, crispé : sa fille est vraiment agitée à cause de tout ce monde autour d'elle. Je comprends que M. Nord ne sait plus comment l'occuper.

– Venez, entrez ! je lui dis.

Une autre patiente, cette fameuse Mme Sud à la bouche toute pincée, mais qui m'est alors totalement inconnue, bondit : elle attend depuis plus longtemps, et c'est son tour, là, maintenant. Son tour. Le sien. Légitime. Et voilà que je fais passer ce monsieur et sa fille avant elle ! Pourquoi ?

Ça m'a énervé, je me suis senti mis sous pression… J'ai dégoupillé :

– Vous savez, madame, ici, c'est un cabinet médical, pas un Monoprix.

Heureusement d'ailleurs : vu son état de colère, elle aurait acheté du beurre et écrit sur les murs de ma salle d'attente « CE N'ÉTAIT PAS SON TOUR MAIS LE MIEN ! », ou alors juste « CE N'ÉTAIT PAS », si elle avait eu la mauvaise idée de se procurer du 125 grammes. Elle se rassoit, après avoir agité la montre à son poignet. Oui, madame, j'ai bien senti que vous étiez mécontente et, non, cela ne changera rien.

J'examine la fille de M. Nord, je prends même mon temps. Il n'est pas né, le patient qui me tordra le bras !

Finalement, quand je rouvre la porte, je vois que Mme Sud est toujours là. Je pensais qu'elle serait partie, à cause de ma mauvaise humeur, mais non, elle est restée – on n'imagine pas combien les déserts médicaux sont contraignants !

Quand elle s'installe dans mon bureau, je la sens penaude. La pauvre… Elle a dû passer le quart d'heure le plus long de sa vie, avec tous ces patients en salle d'attente qui la dévisageaient, comme s'ils pensaient tous la même chose : « Regardez comme elle s'est fait peigner le museau par le docteur ! »

Moi, sûr de mon fait, je me dis : « Voilà, tu l'as bien apprise, ta leçon, hein ! Ici, on soigne et JE décide des priorités médicales. »

Évidemment, c'est le moment que choisit Mme Sud pour me parler de sa chimio hebdomadaire, et des mois qui lui restent à vivre.

– Je vais devoir acheter une perruque.

Avant, j'étais un jeune con, eh bien, je continue, je crois. Parce que je me suis senti sacrément bête. En ce bas monde, les douleurs ne se chassent pas les unes les autres. Elles ne s'excluent pas. Elles s'additionnent et s'accumulent. La souffrance d'un père veuf devant gérer seul le lourd handicap de sa fille n'est pas supérieure à celle d'une malade du cancer.

Les souffrances ? Elles ne se comparent même pas. Elles sont là l'une et l'autre, ces fichues douleurs. Tout le monde a mal. Et tout le monde souffre. Du Nord au Sud. Aucune souffrance ne l'emporte sur une autre. Elles échappent à tout compte d'apothicaire. Elles sont chacune des voyages solitaires et elles se vivent, chacune, solitairement. Tout le monde a peur, a froid, a faim. Tout le monde fuit la solitude. Tout le monde a peur du temps qui passe et de la mort. La vérité (que nous nous refusons à reconnaître, car elle interdirait presque d'être méchant), c'est que chacun de nous, quand il rit, ou quand il pleure, porte en lui l'humanité tout entière : il porte ceux qui ont ri ou pleuré avant lui, il porte ceux qui riront ou pleureront après lui.

Nous sommes, tous et toutes, tour à tour enfants et parents de nos frères et sœurs les Humains. À cause de la maladie, à cause de la douleur. Peut-être que celui qui a compris cela ne peut plus se sentir jamais seul.

Plus je roule ma bosse, plus je me demande : et si soigner, c'était *simplement* apprendre à consoler ?

Je ne sais pas comment consoler les gens. On ne nous l'apprend pas à la fac. On nous assomme d'heures de cours sur d'obscurs syndromes extrêmement rares, mais consoler les gens, *niet*.

Écouter les gens, *niet*.

Accueillir la plainte, *niet*.

Sur douze années d'études, soixante minutes sont consacrées au seul cours magistral intitulé « Consultation et annonce d'une maladie grave ». Autant dire : si tu ne sais pas faire avant, tu ne sauras pas faire après. Dommage, ça m'aurait bien servi après la mort du gosse.

On jouit – dit-on – d'un des meilleurs systèmes de formation médicale. La qualité de nos études est reconnue dans le monde entier. Pourtant, ce qui constitue le cœur de notre métier reste l'angle mort de nos facultés : on ne nous apprend pas à écouter. Quel constat décourageant !

Concrètement, que dois-je dire à une personne malheureuse ? En deuil ? Je sais ce que j'aimerais entendre, mais nous sommes tous différents. Ce qui marche avec moi peut être catastrophique pour d'autres. Je vous donne un exemple.

Moi, j'espère nos morts en paix, et d'où qu'ils nous regardent, ils doivent se sentir bien impuissants devant nos chagrins. Nous leur devons d'aller de l'avant, de rire, aimer, s'entraider. Ce qu'ils auraient voulu pour nous. Nous savoir *dans la vie*, loin de toute mortification.

Dans l'impossibilité de nous consoler, ne les tourmentons pas davantage et vivons heureux, conscients que ce bonheur est le meilleur garant de leur tranquillité. Car quel enfer pour eux de voir un proche malheureux ! Voilà ce que je voudrais entendre. Mais je ne suis pas psychologue. Et je sais que ces mots pourraient chez un autre s'avérer dévastateurs, car, en exhortant au bonheur, manquerait plus qu'on culpabilise l'autre, ou qu'on empêche le travail de deuil !

Que doit-on dire à quelqu'un qui pleure quand on ne sait plus pleurer soi-même ? Comment doit-on l'écouter ? Le regarder dans les yeux ? Comment placer ses mains ? Comment ne pas couper la parole à celui qui se livre ? Faut-il ? Si oui, à quel instant ? De quelle béquille de mots a-t-il besoin, celui qui traverse l'affreux pays des larmes et des désolations ?

Tenez, ce gamin l'autre jour. Alors qu'il est à peine sorti de l'adolescence, son acné se presse encore sur ses joues comme un troupeau de boutons.

Il s'assoit devant mon bureau, la mine grave, ses grands yeux de biche cernés. Le mec n'a pas dormi depuis plusieurs jours, ça se voit. Dès qu'il y a du bruit, il repense à l'agression.

– On rentrait de boîte de nuit vers 3 heures du matin, on a eu le malheur de se tenir la main. Trois mecs nous sont tombés dessus, ils nous ont insultés en arabe, je leur ai répondu en arabe vu que mon copain et moi sommes marocains, alors ils nous ont dit que c'était la honte d'être pédés et arabes, qu'on devrait pas faire ça. J'ai demandé « pas faire quoi ? », et comme ils ne répondaient plus j'ai compris que c'était d'exister qu'ils parlaient, simplement exister, alors on a marché plus vite. Puis l'un d'entre eux m'a donné un coup dans le dos, on était terrifiés, surtout qu'ils nous ont séparés, c'était le pire ça, de ne pas savoir ce qui arrivait à l'autre, je me suis mis à courir, j'arrêtais pas de me dire : je cours vers l'endroit où je vais mourir… Ils m'ont rattrapé, et m'ont fait tomber, les coups pleuvaient, puis là, ils… là…

[Il pleure.]

– Ils m'ont obligé à m'excuser d'être homosexuel. Je suis désolé, je leur ai répondu, je m'excuse, je m'excuse d'être ce que je suis. Et jure que tu vas changer ! J'ai promis que je changerais, que plus jamais je tiendrais la main d'un garçon, et je crois que, oui, plus jamais je pourrai tenir la main d'un garçon.

[Il pleure.]

Je ne sais même pas ce que je pourrais dire aux mecs qui lui ont infligé ça. Laissez les gens qui s'aiment s'aimer ? Laissez les gens qui veulent baiser baiser ? Laissez les gens, quoi. Si vous n'aimez pas les escargots persillés, personne vous oblige à en manger.

Le gamin ne guérira jamais vraiment de ce pur moment de fascisme où, au cœur de la nuit, un groupe d'hommes a pris en otage sa liberté individuelle, par la pure violence.

« Excuse-toi d'être différent de moi, et promets de ne plus diverger de MA norme. » C'est ça, qu'ils ont décidé ce soir-là. J'ai détesté un peu plus les hommes après cette consultation. Je me trouvais tellement impuissant face à son chagrin. Tellement inutile… Ça n'existe pas, les pommades contre le malheur. Pas plus que les pilules contre la haine.

Heureusement, comme il se grattait les bras et les cuisses, à cause de ces grosses plaques cramoisies qui lui poussaient partout depuis l'agression, il est reparti avec une crème : je vais le soigner, ton eczéma, gamin, croûte que croûte !

En vrai, là, je ris en pensant à ce que je vais vous dire, mais je crois que c'est la chose la plus vraie que j'aie jamais pensée. Les hommes ont beaucoup trop confiance en eux, bien plus que les femmes, parce qu'ils naissent avec des testicules et un pénis, c'est tout, même que c'est pour cette raison qu'ils se pensent légitimes à exercer un tel niveau de violence sur autrui en toute impunité. Faudrait que les nanas arrêtent toutes de simuler l'orgasme, pour que les mecs sachent une bonne fois pour toutes combien ils sont *irrémédiablement* nuls. C'est une idée comme ça. Le début d'une utopie révolutionnaire qui commencerait par là : cesser de mentir aux hommes au sujet de leur insondable médiocrité.

Évidemment, au début les hommes ne se remettraient pas en question et les femmes seraient accusées de frigidité, mais, quand elles leur montreraient combien elles y arrivent très bien toutes seules du bout de leurs doigts experts, ils finiraient par tous se ranger à cette évidence : c'était eux, le problème, depuis le début.

Parce qu'il y a un truc qu'on ne dit pas, mais les premières personnes à devoir être consolées dans un cabinet médical, ça reste encore et toujours les mêmes : la meuf, l'ouvrier, le pédé, le type en fauteuil, le trop noir, le trop sans-papiers, le trop précaire, le *trop quelque chose*. Mais les meufs en premier lieu. Encore et toujours elles. Je mets au défi n'importe quel médecin de soigner trente patients par jour dont 60 % de frangines sans être violemment ébranlé par la prise de conscience insupportable de cette montagne de privilèges qui nous échoit parce qu'on a des testicules et un pénis.

J'aimerais vous dire que je suis né comme ça, en détestant les hommes, que je n'ai jamais pu les encaisser, mais c'est faux. Ça vient petit à petit. Ce que j'appelle l'hostilité clairvoyante.

Comme avec cette chère Mme Uwimana…

Je me souviens de vous, madame Uwimana, vous êtes venue en consultation un jour, enceinte de six mois. Une angine. Rien de grave. Vraiment ?

Vous viviez dans un foyer pour femmes, là où vont celles chassées de leur domicile par un mari violent.

Il y a toujours des maris violents.

Il y a parfois des foyers.

Ça coûte cher à la société et aux femmes, les maris violents. Vous entrez au cabinet, les bras tout agités de mouvements anormaux, comme soumise à un grand stress. Ce n'est pas pour cela que vous consultez, mais je pose la question quand même.

– À quel moment ces mouvements sont apparus, madame Uwimana ?

Vous avez du mal à me comprendre et du mal à me répondre : il faut dire que vous ne parlez pas français. Et puis vous n'êtes pas du genre à vous plaindre, vous êtes pire : de celles qui tairaient leurs souffrances pour faire plaisir aux médecins.

J'appelle le foyer, pour savoir quand ce trouble a commencé. Cela fait plusieurs mois, me répond-on. Personne ne s'est inquiété, car tous ceux que vous avez vus ont mis ça sur le compte d'un stress trop grand, d'un fossé culturel, ou de mille et une autres raisons qui sont sans doute aussi liées à votre couleur de peau, votre situation de grande précarité, et cette foutue barrière linguistique. Les coups de l'amoureux ont également dû vous attaquer le système nerveux ou quelque chose du même genre. Quelqu'un a dû donner cette explication à voix haute, et c'est devenu votre histoire.

J'appelle un neurologue, organise un examen en urgence, c'est dur, vous ne comprenez pas bien, je ne comprends pas bien, on manque de moyens, on manque de tout, là, je donnerais n'importe quoi pour trouver un traducteur.

Le diagnostic tombe. Effroyable. Vous allez accoucher, puis vos troubles vont empirer et, dans un ou deux ans, ce sera fini pour vous, vous que personne ne connaît vraiment dans ce pays où vous êtes réfugiée. Je ne sais pas qui va s'occuper de ce bébé quand vous ne serez plus là. Vous êtes pour toujours devenue l'histoire de cette femme enceinte qu'un homme frappe, l'histoire de cette femme qui danse avec ses bras, et cette histoire me révolte. Auriez-vous été un homme blanc, aisé, parlant français, aimé et respecté, jamais vous ne seriez restée d'aussi longs mois sans examen, sans diagnostic, et si seule.

Ça n'aurait rien changé en matière thérapeutique, mais il y a dans ce flottement de quelques mois où vous avez été laissée à l'abandon une vérité qui me dérange et que tous les textes républicains gravés dans le marbre ne sauraient démentir : il n'y a pas de justice en ce monde, et personne, je dis bien personne, ne naît libre et égal en droits avec son frère ou sa sœur humaine. Pourtant, on essaie de changer la donne, madame Uwimana. Je vous le promets, madame Uwimana, des gens essaient de changer la donne.

De toutes leurs forces.

Pardon, madame.

C'est dur de ne pas faire marcher la planche à moraline. Je ne veux pas donner l'impression d'être en surplomb, du genre à distribuer des leçons, mais c'est le métier qui veut ça : quand tu vois des mères de famille, pas mauvaises pour deux sous, clamser d'un cancer du sein en trois semaines, il est inimaginable d'en tirer autre chose que des évangiles incontestables sur le sens de l'existence. Et quand son connard d'époux se plaint qu'à cause du cancer de sa femme c'en est fini de la branlette espagnole, tu comprends tout : la vie est sans pitié et les hommes sans honneur.

Vu qu'on a commencé à parler des hommes, on va continuer un peu. Si les larmes tardent, ce sera la colère qui leur passera devant.

Je n'ai pas eu souvent, durant ma carrière, de vrais moments où j'ai trouvé un homme admirable. Les femmes, oui, très souvent. Elles affrontent tout, les frangines. Tout. Des tourments de l'adolescence aux affres de la maturité. Un patron harceleur, un mari incapable, deux-trois enfants à élever, la bouffe, les courses, le yo-yo hormonal, et les mêmes questionnements sur la condition humaine que les hommes : qu'est-ce que je fous là, est-ce que j'ai la vie que je rêvais d'avoir, est-ce que j'ai pas tout gâché, est-ce que c'est trop tard pour tout recommencer, est-ce que je resterai seule jusqu'à la fin de mes jours si je le quitte, bla-bla-bla ? Ça, c'est admirable. Vraiment. Mais un homme admirable ? Je me gratouille le cervelet : vas-y, Jean, cherche bien, c'est quand la dernière fois que t'as vu en consultation un homme qui t'ait rendu fier d'appartenir à la gent masculine ? Ben, désolé : rien ne vient. Vous pourrez me dire que je ne fais pas d'efforts, je pourrais répondre que ce n'est pas ma faute s'ils sont tous des incapables, des lâches, des égoïstes, des sots, et n'allez pas penser que je me sors du lot. Peut-être un type, une fois, qui était venu à la consultation avec sa nana… Je me souviens bien d'elle : belle, fine, douce, l'œil rieur, et lui, sur le côté, pauvre bonhomme écrasé sur son siège, semblant porter tout le poids du monde sur ses épaules.

Elle le pousse du coude pour qu'il cause, mais comme il garde obstinément le silence c'est elle qui lance les hostilités :

– Bonjour, docteur, on vient savoir si vous auriez une solution pour son « léger problème ».

Oh là là, qu'est-ce qu'elle a pas dit, Mme Salvatore ! Son époux se ratatine de plus en plus. Le léger problème semble peser bien lourd. Je devine de quoi ils vont parler. L'impuissance ou l'éjaculation précoce, rien d'autre pour rendre un homme aussi honteux – c'est dire combien on place très mal la source de nos fiertés. Bref… Plouf plouf : finalement, c'est l'éjaculation précoce. Tellement prévisible.

« Eh bien », « C'est-à-dire que », « Elle… », « Je… », « Nous… » Il balbutie quelques syllabes, M. Salvatore, et abandonne, terrassé par ce qu'il imagine être une humiliation insurmontable. Il est à deux doigts de fondre en sanglots. On marche sur la tête, parfois. Faut le dire : c'est pas grave, l'impuissance, hein. C'est pas grave, l'éjaculation précoce. Alors que se servir de son sexe pour dominer l'autre, s'en servir pour violenter, soumettre, humilier, ça…

Bref, je m'énerve, mais c'est pas ça qui guérira M. Salvatore. Est-il encore un homme aux yeux de ses pairs ? Il semblerait bien que non, à le voir si bousillé, le pauvre… Donc, évidemment, elle continue à causer pour lui, vu que les frangines sont toujours moins connes avec les histoires de bite (désolé, mais c'est vrai, ça. Vrai de vrai). Elle lui tapote la main, « c'est pas grave, mon chéri, le prends pas comme ça, n'en fais pas toute une montagne, de cette affaire, on est justement là pour que ça s'arrange », bla-bla-bla. Je lui demande s'il veut qu'on en parle juste tous les deux, qu'elle nous laisse seuls, mais il fait signe que non, on sent bien qu'il est trop faible pour s'exprimer sans elle. Moi, je déroule mes connaissances, histoire de dédramatiser :

– Vous savez, ça arrive, et chez beaucoup d'hommes, en plus ! Simplement, on n'en parle pas, mais vous n'êtes pas le seul sur terre, et il n'y a rien de déshonorant.

Il hoche mécaniquement la tête.

– Tu vois, mon chéri ? Le docteur dit que c'est fréquent.

Ensuite, il faut bien lui poser les questions importantes, même si je sens qu'il préférerait traverser l'Atlantique à la nage plutôt que d'être là. Est-ce qu'il éjacule aussi rapidement lorsqu'il est tout seul ?

– Comment ça, tout seul ?

– Je parle de masturbation, monsieur Salvatore.

– Ah non, pas quand je suis tout seul.

Est-ce qu'il a des difficultés pour avoir et maintenir une érection ? Est-ce qu'il a des érections lorsqu'il dort ? Bla-bla-bla. J'ai l'impression de lui mettre une gifle à chacune de mes questions. Finalement, je le guide gentiment et il repart avec son traitement, curieux remède puisqu'il s'agit, ce n'est pas moi qui décide, d'un médicament antidépresseur. Il a bien dû rigoler, le bon Dieu, quand les êtres humains se sont aperçus que les antidépresseurs avaient pour effet secondaire de retarder drastiquement l'orgasme. Le paradoxe ? Vous n'avez jamais eu à expliquer à un dépressif : « Je vous prescris un médicament pour retrouver un peu de bonheur dans votre vie, mais en le prenant y a de fortes chances que vous n'arriviez plus à jouir ou alors très très difficilement. » On appelle ça des antidépresseurs, mais en vérité ce sont plutôt des anesthésiants : on anesthésie la douleur, et le plaisir part avec. La petite déesse de la pharmacologie est une blagueuse.

Le voilà qui revient, trois semaines plus tard, seul, le torse bombé, la tête haute, un sourire immense. Totalement réhabilité dans sa virilité grâce à ma petite pilule, le bonhomme. Il est transformé.

– J'ai tenu une heure, docteur !

Elle ne devait plus en pouvoir, la pauvre. Aucun problème, je serai là quand elle le ramènera pour qu'on diminue la posologie. Que c'est compliqué, de trouver le bon dosage dans la vie ! Je ne sais pas si j'ai bien donné l'air de me rendre compte de l'exploit, puisqu'il s'est senti obligé d'expliciter :

– Et j'ai même pas joui !

Cette phrase… Il avait plus à cœur de satisfaire sa compagne que de trouver son petit plaisir personnel dans un coït qui durerait un peu plus longtemps que douze secondes, ça, c'était admirable ! Je veux dire : ce n'était qu'un homme après tout !

Il s'avance, tapote mon poignet de la paume de la main, et ajoute :

– À compter d'aujourd'hui, je ne vous appelle plus « docteur », je vous appelle « mon frère » !

Je souris, chanceux que je suis, moi qui avais toujours rêvé d'avoir un grand frère. Je sais que c'est idiot, mais ça me fait plaisir, l'idée qu'on paie des impôts pour me rémunérer moi, la petite fourmi ouvrière nécessaire au bonheur d'une femme lambda. Ce n'est pas vraiment le truc auquel on pense quand on reçoit son bulletin de salaire et qu'on râle en voyant les cotisations sociales partir on ne sait trop où.

Vive la Sécu.

Les gros bouquins d'anatomie nous montrent le corps humain rêvé :

les grosses veines sont bleues,

les artères sont rouges,

les muscles ont la délicatesse exquise d'être reliés à des Post-it portant leur nom.

Les os sont blancs.

Pour quiconque a déjà disséqué un cadavre, cette phrase est drôle, je vous assure.

Sans parler de l'odeur qui s'échappe d'une cavité abdominale…

Dans l'Antiquité romaine, quand un général revenait triomphant de la guerre et qu'il paradait dans la ville, sous les hourras de la foule, le conseiller spécial désigné pour tenir au-dessus de sa tête la couronne de laurier était aussi chargé de lui répéter à l'oreille : « *Memento mori* », souviens-toi que tu es mortel.

Quand vous arrivez en deuxième année de médecine, triomphant parmi les triomphants, élu parmi les élus, la première fois que vous disséquez un cadavre, je vous confirme que l'odeur qui s'échappe de nous est un exercice d'humilité radical. Nous sommes des machines destinées à mourir, et moi je resserre un boulon par-ci, une vis par-là, histoire que la bécane ne se déglingue pas trop vite. J'écris « je » mais c'est le patient qui fait tout. C'est d'ailleurs là que ça se complique…

Dans les livres de cardiologie, de psychiatrie, de rhumatologie, etc., les maladies provoquent des symptômes *typiques*, et les malades présentent *typiquement* ces symptômes. Tout est bien dans le meilleur des mondes. Mais voilà, les livres et les cours ne sont pas la vraie vie. Ce serait trop facile sinon. Trop *évident*.

Dans la vraie vie, il y a des patients avec leurs propres langages, qu'influencent l'expérience et la culture, les soignants avec leurs filtres de compréhension, leurs préjugés, et les corps qui s'expriment beaucoup beaucoup, mais trop peu souvent comme dans les livres, hélas*.

La première fois qu'un patient débarque devant vous et explique que ça lui fait « comme des frissons dans la cuisse droite un jour sur deux, et jamais en période de pleine lune », vous pouvez invoquer tous les bouquins du monde, ce dont vous parle le patient restera quand même une énigme !

La morale étant : les patients ne sont pas des livres, les soignants ne sont pas des lecteurs, ce sont tous des humains qui essaient de chercher un chat noir dans une pièce obscure en parlant des langues différentes. Mais vous savez quoi ? Ils ont tous une trouille bleue de la mort.

À la fac, un professeur nous avait dit, l'index levé et l'air docte : « N'oubliez jamais, derrière tout grand médecin se cache un grand cimetière. » On se donne beaucoup d'importance, avec des pensées pareilles. La meilleure part de chance d'un docteur reste le corps du malade (la guérison commence comme un défi lancé au médecin et finit souvent par un

---

* Hélas ou tant mieux, je ne sais pas, on se ferait pas un peu chier sinon ?

heureux hasard). Même sans ça, les gens meurent très bien tout seuls, et depuis très longtemps. Après, ne nous mentons pas, c'est mieux s'ils peuvent nous donner 25 euros avant!

J'ai peut-être tué des gens. J'ai peut-être un grand cimetière derrière moi. Ça commence à combien de cadavres, un cimetière ? Moins de dix ? À partir de combien de décès le conseil de l'Ordre vous nomme président ? Parfois je pense à cette pauvre Mme Gonzales. Si seulement j'avais su qu'elle était allergique à l'aspirine.

Non, je déconne. Au paracétamol.

Non, je déconne, ce n'est pas mon ordonnance qui l'a tuée.

C'est son mari.

Pas directement. Elle a pris des médocs. C'est le meilleur des crimes, et parfait, puisque le criminel en délègue la responsabilité à la victime, qui se saborde elle-même.

Mme Gonzales. La première fois que je l'ai vue, elle est entrée dans le cabinet et elle a posé son nez sur le bureau. Genre comme ça, là. Elle dévisse sa prothèse et BIM !, elle devient Voldemort, mais avec des seins et des cheveux blonds.

Avec son mari, ça a commencé doucement, des injures, des reproches, des petites gifles, puis des coups de poing, et des menaces. « Si tu parles, si tu te casses, je te retrouve. » Et il avait un bon moyen pour ça : leurs trois enfants. « Tu peux partir au bout du monde, je sais que tu seras toujours devant l'école primaire à 16 h 30 pour les gamins. J'aurai qu'à t'attendre là-bas. » Un jour, il a pris des ciseaux et lui a coupé le nez. Depuis, elle parle avec une voix très nasillarde. C'est terrifiant, cette voix. Elle pourrait prêter à rire alors qu'elle devrait donner envie de tout casser. Ou de pleurer. D'arracher cette société tout entière du socle sordide sur lequel elle repose.

Elle m'a remercié de ma gentillesse à la fin de la consultation. Elle pleurait parce que j'avais été gentil. Avec elle. Ah. Pas eu l'impression de l'être *particulièrement*, ou plus que d'habitude… Après, c'est vrai qu'on est plus délicat avec une femme battue qu'avec un homme qui bat. Même si ça ne répare rien du tout. Pas les nez, en tout cas.

Au moment de partir, la main sur la poignée de porte, elle se tourne vers moi et me tend son téléphone : sur l'écran, c'est elle, avec dix ans de moins et un vrai nez, celui d'origine, je veux dire.

– J'étais belle, docteur ? Hein que j'étais belle, avant ?

J'ai envie de pleurer d'un coup.

Parce que c'est vrai. Elle était très belle.

Et son mari, à Mme Gonzales ?

Il va bien, je crois. Faut dire qu'il est bâtonnier dans une grande ville. Le bâtonnier, c'est un peu comme le président des avocats. Sauf qu'il est élu par eux, avec qui il va boire des coups à la buvette du palais. Vous vous rendez compte ? C'est moins facile de couper le nez de sa femme et de s'en sortir quand t'es prolo…

J'ai cru que les larmes allaient enfin sortir avec cette histoire, mais non. Pleurer est un moyen pour le corps de témoigner de notre sens de la justice, et je ne suis pas moins sensible à l'injustice que n'importe qui.

Mais je ne voudrais pas pleurer devant vous, parce que je n'ai rien à vous prouver, ni mon horreur pour la souffrance de mes sœurs humaines, ni l'importance qu'elles soient *vues*, ces larmes, comprises ou partagées.

Je me connais, je ne suis pas un robot, un robot ne raconterait pas tout ça. Pas comme ça. J'ai des émotions, je vous promets. Croyez-moi. Elles restent à l'intérieur et je n'en peux plus, j'aimerais qu'elles sortent, oui, un bon coup, une bonne chialade, sur vous, sur moi, sur nous, sur notre sort à tous, mais rien ne vient.

Parfois, quand je n'arrive pas à expliciter les raisons de ma méfiance envers les hommes avec la précision que je voudrais, je convoque en mon for intérieur le souvenir de cette patiente, Virginie.

Elle toque à ma porte de médecin un soir d'épuisement, de galère. Depuis qu'elle vit seule avec ses deux enfants, elle semble au bout du rouleau. J'essaie d'être à l'écoute, et Virginie apprécie, je crois. Elle revient pour la varicelle du petit, pour confier ses inquiétudes quant à la crise d'adolescence de sa grande. Je la vois affronter tout cela vaillamment, en solitaire. Et je suis admiratif : Virginie ne baisse jamais les bras. Alors moi, je veux être sûr qu'elle ne se sente pas trop seule à se battre. Je connais d'autres mères célibataires : la solitude, l'isolement, autant de cailloux dans leurs chaussures qu'un médecin de famille doit surveiller.

J'essaie d'être présent pour elles.

Ai-je mal géré la distance entre la patiente et le soignant ? Un jour où elle n'est pas bien, où elle pleure, j'entoure en rouge mon numéro de téléphone personnel sur une ordonnance : « Appelez-moi si l'état du petit vous inquiète. » Je le fais quelquefois, quand c'est vendredi soir et qu'il est ardu de trouver un cabinet médical ouvert.

Elle prend le numéro, mais elle se raidit. Je ne devine rien de ce qui s'est passé, pourtant, à partir de ce moment, Virginie vient moins consulter, ou alors elle prend rendez-vous avec mes associés.

Pourquoi ? Je l'ai compris plus tard.

C'est un soir, je marche main dans la main dans la rue avec un garçon et je tombe sur elle. Virginie m'a vu, a vu mon compagnon, a eu l'air surpris, puis elle a passé son chemin. La semaine d'après, Virginie débarque au cabinet médical et attend longtemps pour passer avec moi. À la fin de la consultation, elle se hisse sur la pointe des pieds et dépose un baiser sur ma joue :

– Merci, docteur, d'être toujours là pour moi. Merci beaucoup.

Soudain, je saisis avec une acuité fulgurante pourquoi elle a pris ses distances. Faut-il que les hommes soient lourds et calculateurs, pour que la moindre preuve d'attention rende les femmes méfiantes ? Faut-il que tu en aies soupé, chère Virginie, de la gentillesse intéressée des mâles ? Combien en as-tu croisé dans ta vie, des hommes hétérosexuels et sans arrière-pensée ? Faut-il qu'on ait usé de ta patience, de ta confiance pour te rendre ainsi prudente ? Sur le qui-vive ? Comment peut-on, nous les hommes, rendre les femmes aussi vigilantes ? Aussi suspicieuses ? Et surtout : quel poids mental énorme pour vous de devoir être ainsi en permanence aux aguets !

Ce jour-là, Virginie m'aura démontré que, peut-être (je ne le saurai jamais avec certitude), rien n'est gratuit avec les hommes quand on est femme. Rien.

Quel chemin parcouru avec Virginie ! Il a fallu qu'on s'apprivoise. Qu'elle m'accorde sa confiance.

Une astuce qui réussit à chaque coup, j'ai remarqué, c'est, je cherche le terme qui convient, de respecter les gens. Voilà ! Fou comme ça fonctionne de ne pas les considérer tel un bout de viande qu'on palpe, soupèse, ausculte, mais de vraiment les voir, je cherche le terme qui convient là encore, comme des êtres humains ? Suffisait d'y penser ! Avec Virginie, ce qui a consolidé son sentiment de sécurité, c'est quand je lui ai demandé : « Vous voulez bien que je vous examine ? », alors qu'elle venait juste pour une angine. Elle a dû se dire : « S'il me demande ça pour regarder dans ma gorge, il me le demandera pour *le reste*. »

Elle n'avait pas tort. Je demande tout le temps, pour tout, et pas seulement pour *le reste*.

C'est dingue, mais, dans notre société, des médecins s'inquiètent que les patientes se plaignent de ne pas avoir consenti à l'examen. Un confrère s'est exprimé l'autre soir, en réunion pluridisciplinaire : « J'ai peur qu'on nous accuse de viol parce qu'on pratique certains examens. » Il fronçait les sourcils et enfilait ses perles, l'air un peu ahuri et choqué, même qu'il a claironné :

– Si tu vas chez ton gynécologue, tu sais bien que c'est pas pour faire un bridge !

J'ai repensé à toutes mes patientes... Ce qu'il veut dire, le con-frère, c'est qu'une fois dans mon cabinet de médecin leur corps ne leur appartiendrait plus et que je serais subitement dépositaire d'un « consentement tacite et illimité ». Hey, Virginie ! Vous entendez ? Je ne savais pas que ça existait, un pouvoir comme ça ! Ça paraît même un peu dangereux. Quelle pensée fanée ! Elle sent fort le « si tu montes chez un garçon après un restau, tu sais bien que c'est pas pour jouer au tennis » et autres bizarreries d'arrière-garde.

D'ailleurs, il commence où, ce consentement illimité ? Je peux aller tâter les couilles de M. Lopez en salle d'attente ? Ou je dois attendre que la porte du bureau se referme sur Mme Laurent pour sauter sur ses seins ?

Il existe des tas de métiers où tu n'as même pas besoin de parler aux gens si tu ne les aimes pas. Nous, on choisit celui où on doit leur parler ET en plus les toucher. Oui, nous, soignants, on touche les gens, parfois même on touche leur sexe.

Du coup ?

C'est bien d'expliquer pourquoi et de demander l'autorisation avant.

C'est bien d'expliquer pourquoi et de demander l'autorisation pendant.

En fait, plus que bien, c'est normal.

C'est même plus que normal : obligatoire.

Et ce qui est encore plus obligatoire, c'est d'arrêter d'examiner le sexe des gens si les gens vous demandent d'arrêter. Même s'ils ont dit oui deux secondes plus tôt. Le consentement tacite et illimité n'existe pas.

Là, je vois Virginie hocher la tête. Elle approuve.

Les sexes (celui de Virginie, par exemple) ont une histoire (ça n'existe pas, un corps sans histoire). Ils ont un bagage, les sexes des gens. Ce ne sont pas juste des morceaux de viande. De même que les patients ne sont pas des carcasses sans âme qu'on pose sur la table d'examen comme le boucher sur son étal. « Vous m'avez dit OK pour 100 grammes, y en a 640, je vous le mets quand même, Virginie ? »

Évidemment, Virginie, si vous venez me voir pour une douleur gynécologique, vous vous doutez bien qu'on ne va pas jouer au tennis (je suis nul au tennis). Mais si vous me demandez d'arrêter pendant l'examen pour n'importe quelle raison qui vous regarde, et que je continue, ce n'est pas normal. Parce que c'est votre sexe ! C'est vous priver, Virginie, de votre dignité et de votre autonomie. C'est aussi vous enlever votre droit à avoir une histoire qui vous appartient, et que vous avez le droit de raconter ou pas*.

Une patiente qui dit oui à un examen, si elle dit non après, on doit l'entendre.

Ne pas l'entendre, forcer, relativiser une douleur, un refus, c'est inacceptable.

Ce n'est pas déontologique. C'est manquer de respect aux droits humains élémentaires.

Si un confrère n'est pas d'accord avec ça, alors deviens boucher-charcutier, Roger, mais en attendant : arrête de toucher le sexe des gens.

Quand j'étais étudiant, j'ai connu une aide-soignante, Fabienne. Fabienne n'avait peut-être pas

---

* Vous ne pouvez pas la voir, mais je vous jure qu'elle approuve à 200 %, Virginie.

de doctorat en médecine mais, en attendant, elle se souvenait du sens sacré de sa mission.

Par exemple, Fabienne appartenait à cette équipe-là de l'humanité capable de faire les toilettes mortuaires à l'eau tiède, comme avec les vivants. Sacré spécimen, la Fabienne. Elle leur parlait, même : je l'ai vue, en pleine nuit, pratiquer une toilette mortuaire, et entendue expliquer chacun de ses gestes.

« Maintenant, Monique, on va vous coiffer », « Attention, Monique, je vais vous passer la jolie robe à fleurs que vous aimiez tant ! », « Tenez, Monique, hop ! » et là, pschitt pschitt, elle lui délivrait dans le cou et au creux des poignets quelques nuages de son parfum préféré.

Le geste qui m'avait le plus frappé ? Elle avait tapé à la porte avant d'entrer dans la chambre de la morte. Il était 2 heures du matin, l'hôpital était désert, personne n'était là pour regarder. Mais non.

Elle était douce et respectueuse avec la morte. Faut être à la hauteur de cette forme de grandeur-là. Faudrait ériger des statues de Fabienne à l'entrée des hôpitaux. Vous voyez ? Si des soignantes comme

Fabienne y arrivent avec des mortes, les médecins y arriveront bien avec des vivantes !

– Ça va aller, Virginie ? Vous pouvez vous rhabiller, on a terminé.

Au cabinet médical, je pose de plus en plus souvent la question des violences sexuelles. « Avez-vous subi des agressions ou des violences physiques ou sexuelles* ? »

Je le savais déjà, mais le nombre de patientes qui éclatent en sanglots est atterrant. Sans compter toutes celles qui répondent non, car elles considèrent qu'elles ont juste été « un peu forcées ».

Quand j'évoque ce point, il y a toujours un mec pour me demander pourquoi je parle des patientes et pas des patients. « Les hommes aussi sont parfois victimes », ce à quoi je réponds invariablement : « Je

* Mes confrères semblent surpris : « Tu leur poses la question cash ? Comme ça ? » Bien sûr ! Juste après leur avoir jeté des fourchettes dans les yeux.

ne sais pas, je ne soigne plus les hommes depuis 1994*.»

Je dis «patientes» parce que je dis «patientes». Point. Parce que les violences sexuelles sont des violences genrées. Des hommes sur les femmes, parfois et beaucoup plus rarement des hommes sur des hommes. Mais dans l'immense majorité ce sont les hommes les coupables. Fin du débat.

En vrai… Les hommes servent à rien, ils sont comme le H dans Hawaï. Ou le h dans hommes. On était prévenus dès le départ. Vivement qu'ils inventent un sex-toy qui sort aussi les poubelles le dimanche soir, histoire qu'on puisse définitivement se passer des mecs.

On parle souvent des conséquences psychologiques des violences, beaucoup moins de celles sur le corps. Un jour, Virginie me consulte pour une vague inquiétude: elle a, au niveau vulvaire, des décolorations. Je n'ai rien dit, mais je l'ai noté dans un coin de ma tête. Quand elle est revenue quelques mois plus tard pour un vaginisme, je n'ai

* J'avais dix ans en 1994, ha ha ha!

rien dit, mais je l'ai noté dans un coin de ma tête. Puis ça a été des infections urinaires à répétition, je n'ai toujours rien dit. Il y a un temps pour tout, et ce n'était pas pour Virginie le temps des mots. Elle parlait avec son corps et ses douleurs.

Quand je l'ai sentie prête et assez solide psychologiquement pour qu'on aborde la question, je l'ai enfin posée :

– Vous avez déjà subi des violences, Virginie ?

– Des violences ?

– Est-ce que vous avez déjà été agressée physiquement et (le mot tant redouté) sexuellement ?

Elle a eu l'air de chercher son air.

– Je ne peux pas parler de quelque chose dont je ne me souviens pas.

Avant de fondre en larmes.

Encore un mouchoir.

Quelle phrase ambiguë et terrible. Qu'est-ce que je fais avec, moi ? Mais surtout : qu'est-ce qu'elle va faire avec, elle ? Pas eu besoin de réfléchir, Virginie s'est mise à parler entre deux sanglots :

– Je... Une fois, mon mari s'est occupé de notre fille de trois ans, elle sortait du bain, il l'a séchée et je les ai vus quitter la pièce pour gagner la chambre.

Je me souviens que voir un homme avec une petite fille nue m'a vraiment bouleversée. Trois jours après cette scène, j'ai fait une tentative de suicide. J'ai avalé une boîte de Lexomil et j'ai fini aux Urgences. Je ne sais pas si ça a un rapport avec votre question ?

Virginie a beaucoup pleuré ce jour-là. Tant mieux, elle en avait besoin.

Mon impuissance à pleurer est d'autant plus bizarre que mon super-pouvoir à moi, mon super-pouvoir de médecin, c'est d'arriver à faire pleurer les gens pour leur bien, comme ça, d'un mot, parfois d'un regard, et il m'est même arrivé d'y parvenir avec juste un silence un peu appuyé. C'est un don précieux, permettre aux autres de lâcher prise. Certains savent calculer des racines carrées de tête, moi, je vide les gens de leurs larmes.

Je pense à cette dame qui débarque au cabinet avec son vieux mari : ils ont quatre-vingt-douze ans et, comme d'habitude, c'est elle qui dresse l'inventaire des médicaments de son époux, et moi qui lui demande (innocemment, je le jure) : « Et vous, madame, comment allez-vous ? » Elle me répond : « Ça va, ça va ! » Je sens bien qu'il y a baleine sous caillou, alors je redis le plus distinctement du monde : « Vraiment, madame, comment allez-vous ? » Et là, les chutes du Niagara. Sur mon bureau. En direct de Fatigueland.

Une autre fois aussi, j'ai cette mère qui arrive en souriant, mais ce n'était pas un vrai sourire, ça se sentait, quelque chose clochait, peut-être la façon qu'elle avait de bercer son bébé avec nervosité, un truc dans l'air qui ne transpirait pas le parfum du bonheur maternel.

– Je sais plus trop quoi faire, docteur. Il est agité. Il est agité le matin, il est agité le midi, il est agité l'après-midi, il est agité le soir. Tout le temps, et je ne sais pas pourquoi, j'ai tout essayé, il n'a jamais l'air bien.

Je lui demande le prénom de son fils, « il s'appelle Charles, docteur ». « Quel joli fruit de mère ! » je lance en lui prenant doucement le nourrisson des bras : « Allez, viens avec moi, petit Charles, je vais t'examiner, pendant ce temps on va laisser maman pleurer. » Ce qui s'est passé à cet instant précis, je ne saurais pas trop l'expliquer. C'était comme un permis de chialer que je venais de lui tamponner. Bref : elle a fondu en larmes.

Ça lui a fait du bien, à la mère. Elle m'a remercié plusieurs fois. On ne pleure pas assez. Notre société est sans doute coupable pour mille et une raisons, mais voilà vraiment son crime le plus impardonnable : te mettre la tête dans le seau à merde et ne même pas t'expliquer que c'est OK de chialer. Il faudrait une sorte de Superman qui volerait aux quatre coins de nos villes et atterrirait parfois devant nous, nous qui serions en grand besoin de pleurer : « Vas-y, c'est OK, lâche, mon gars », et on aurait le droit, c'est Superman qui l'a dit. Mais ce n'est pas assez cinématographique, j'imagine. On préfère les histoires avec les explosions, les buildings en feu et les princesses à sauver, pourtant on changerait le monde si on pouvait pleurer plus.

On ne pleure pas assez. Quel malheur !

N'est-ce pas, Virginie, qu'on ne pleure pas assez ? Et que ça cause bien des ennuis à bien des gens ?

Pour elle, par exemple, ce sont des années d'errances diagnostiques, de maltraitances médicales en tous genres et de catégorisations tous azimuts. Ses douleurs dans le corps emmerdent le corps médical : ce n'est pas dans les livres, ou « comme dans les livres », ou pas « bien systématisé », ou « c'est dans la tête », bref, c'est partout où ça gonfle les médecins et les met dans l'impasse.

– On m'a dit que c'était une fibromyalgie, vous connaissez, docteur ?

Bien sûr que je connais. Le syndrome de fatigue chronique touche préférentiellement les femmes, et statistiquement des femmes ayant eu des antécédents d'agression sexuelle dans l'enfance. Cette maladie n'est pas strictement reconnue sur le plan médical : dire « c'est la fatigue ! » est le meilleur moyen de se défiler en médecine*. Pour ne rien vous cacher, entre médecins, elle suscite parfois des ricanements en coin ou des froncements de sourcils entendus, c'est une manière d'étiqueter les patientes quand on ne sait pas ce qu'elles ont, parce que, pour résumer, elles ont *mal partout où on leur demande si elles ont mal*. Et c'est vrai, les patientes fibromyalgiques sont souvent difficiles à accompagner : fragiles, échappant à toute thérapeutique, nous confrontant à notre ignorance.

---

* Pourtant, tant de gens fatigués !

Cette maladie est très peu étudiée : elle touche surtout les femmes, et on s'en fiche un peu beaucoup passionnément de la santé des femmes, alors qu'un mec qui n'arrive pas à bander représente une tragédie internationale. Je ne peux pas m'empêcher d'y voir une manière, pour une société où la culture du viol est omniprésente, d'oblitérer les conséquences que peuvent avoir les violences sexuelles sur les victimes, et la manière dont ces violences si communes pourraient générer une maladie réelle.

Dans l'oreille de Mme Chahid, si bavarde Mme Chahid, il y a un cabinet médical où l'on peut parler et être écouté. Même pleurer à l'envi. Eh bien, savez-vous ce qu'il y a dans le vagin des femmes ? Sûrement pas un temple, où toutes ces conneries de féminin sacré les enferment dans des fables mythologisantes à la con, non. Pas de temple. Mais je suis sûr qu'il y a dans le vagin des femmes un cabinet médical où mille hommes consultent. Des hommes fainéants, des hommes égoïstes, des hommes toxiques, des hommes beaucoup trop sûrs d'eux, des hommes qui ne pensent qu'à eux. Me relancez pas sur le sujet !

Inutile, je me relance tout seul…
Le mari de Virginie par exemple.

Le type entre dans ton cabinet. La quarantaine. Ingénieur.

Avant même sa séparation d'avec Virginie, je l'avais déjà cerné. Il est un « Bruno Cestpasmonaffaire ».

Quand il avait douze ans, je suis sûr que Bruno disait : « Mais maman, tu n'as pas pensé à prendre mon carnet de santé ! »

Quand il avait la trentaine et que je m'occupais de sa famille, Bruno disait : « Virginie ne se souvient plus si les enfants sont vaccinés. » Et je suis convaincu que si Virginie n'avait pas réussi à le quitter, et qu'ils avaient vieilli ensemble, j'aurais eu droit à : « C'est quoi, déjà, chérie, le nom de mon traitement antihypertenseur ? »

Vous voyez le topo, de vraies fourchettes à soupe, les mecs comme lui. Même moi, j'ai dû appeler à la maison pour connaître le nom de ma mutuelle. Mon père au téléphone : « Attends, je demande à ta mère. » Le léopard ne voit pas ses taches, comme on dit.

On est tous de gros bébés qui font peser le poids de leurs inconséquences sur les épaules des femmes. Moi, toi, lui, le mari de Mme Chahid, même Alvaro se reposait sur Charlotte alors qu'elle était aveugle. D'ailleurs, m'étonnerait pas qu'Alvaro lâche la rampe bientôt – les hommes sont tellement incapables que la plupart d'entre eux ne vivent pas vieux après la disparition de leur épouse/infirmière/bonne à tout faire.

Je reconnais : je suis de parti pris, plus à l'écoute avec les frangines. Plus empathique. Je n'ai pas à me justifier. Ceux qui trouvent ça injuste, tant pis, c'est pas mon affaire.

Quand Virginie m'a confié ses violences conjugales, je l'ai accompagnée médicalement du mieux que j'ai pu, jusqu'à ce qu'elle prenne la décision de divorcer. Son Bruno a cessé de venir en consultation à partir de ce moment-là. Jusqu'à l'autre jour… Je ne l'avais pas vu depuis des mois, et il vient avec leur fils, huit ans. Le pauvre gamin : une belle grippe, ça lui pend au nez par gouttes épaisses et il renifle, le tarin tout rouge, la chandelle allumée.

– C'est pour qui ? Vous ou le petit ? Les deux ?

Lui, l'air énervé :

– Le petit. Mais avant, j'ai deux-trois mots à vous dire.

Je ne suis pas grand clerc, mais mon petit doigt me souffle qu'il ne va pas me causer recettes de tarte aux pommes.

Évidemment, ça démarre avec le laïus habituel des gros connards : son ex-femme est folle, c'est elle, le vrai danger pour ses enfants, et, d'ailleurs, il n'a « aucun problème avec les femmes ! ».

Sait-il que tu as déjà entendu ce discours tellement, mais alors *tellement* souvent ? Mec, le prends pas mal, mais pour dire ça de manière polie et imagée : on sait très bien quel fruit pourri tu es dans la cagette.

Je l'interromps : ce n'est pas le moment d'en parler, ni le lieu, et puis nous ne sommes pas seuls – j'adresse un signe de tête appuyé au petit qui assiste à la scène. Mais, visiblement, son instinct paternel a piscine : le mec est lancé, et vas-y qu'il dénigre la mère du gosse devant lui, bla-bla-bla. Quand un père lance « ma femme est folle », son fils entend « je suis le fils d'une folle », c'est trop facile de bousiller un gamin avec des mots. Faudrait *interdire de mots* certains adultes.

– Je vous arrête de suite, monsieur. On n'est pas là pour parler de ça. Qu'arrive-t-il à votre enfant ?

Lui, se reculant sur son siège, le visage crispé par la haine :

– Ahhh, je vois que vous avez pris son parti !

Il commençait grave à me gonfler. En plus, je n'avais pas dû assez manger à midi, j'avais comme des aigreurs d'estomac, j'étais ballonné, un gaz coincé, ou des morceaux de larmes, bref, fallait qu'un truc sorte.

C'est sorti :

– Dans ce cabinet, on travaille avec deux foyers qui viennent en aide aux femmes victimes de violences conjugales. Donc, je vous le dis le plus calmement du monde : ici, nous sommes et nous resterons toujours du côté des femmes.

On est d'accord, cette réponse était nulle. Mais parfois on a le droit d'être nul. La vérité, c'est que, dans notre société, être du côté des mères, c'est, dans la majorité des cas, être du côté des enfants.

Le mec pointe alors du doigt ma boucle d'oreille et me sort cette phrase merveilleuse :

– Normal, vous en êtes un peu une, hein.

Ah, le fiel, l'amer intérieur de sa voix... Honnêtement, je ne devais pas être beau à voir, l'air mauvais et tout, ce genre de visage tordu que seule une mère est capable de trouver beau. Mais ! Le mec est une vraie baraque, et tu te méfies : souvent, le biceps, c'est le cerveau des boxeurs. Il n'empêche : t'as passé l'âge de ces intimidations. Pris de court, tu n'as pas eu le temps de répondre autre chose de plus inspiré que ce seul mot – avec le recul que confère le temps de la réflexion, tu jugeras ça absolument génial :

– Oui.

Sérieusement. C'était le plus beau « oui » de l'histoire des « oui ».

Le plus ironique ? Monsieur pensait me vexer, alors qu'une paire de minutes plus tôt il me promettait n'avoir, je cite : « aucun problème avec les femmes ». Vous n'êtes pas très crédible, Bruno !

En plus, il a eu le bon goût de sortir ça devant leur gamin. Du coup, ma réponse est importante. Il est utile que le petit entende un son de cloche différent dans la bouche d'un autre homme, qui plus est un médecin. Je ne regrette pas. Non, petit gars, être comparé à une femme quand tu es un homme ne devrait pas être une insulte. Je hais ce genre d'hommes. Je les hais, mais je les soigne. Je serre les dents. Je préférerais ne m'occuper que des frangines : beaucoup sont tout aussi connes que beaucoup d'hommes, mais au moins elles connaissent la date de naissance de leurs gosses.

Ce n'est pas parce que je n'arrive pas à pleurer que je n'arrive pas à distinguer le juste de l'injuste. J'ai le sens de la justice, moi. J'ai le ventre en vrac quand la vie chie sur la tête de mes patientes. Je suis en colère pour tout, tout le temps. Peut-être qu'il faudrait plus de colère ici-bas. Et qu'on gifle systématiquement ceux d'entre nous qui tiennent de longs discours sur la capacité du mal à nous changer en mieux.

Ils n'ont jamais vu de gosse mort sur un carrelage (promis, c'est la dernière fois que j'en parle).

Je ne me rappelle plus comment je me suis retrouvé à parler à Alvaro de cette histoire d'enfant mort sur du carrelage. Des années avaient passé, pourtant, mais j'en étais encore là, à ressasser et à subir un délabrement psychologique majeur. Plus de réconciliation possible quand tu as vu ça. Le problème tenait à ce que personne n'était responsable de cette mort. Le gamin n'avait été ni écrasé par un automobiliste ivre ni victime d'un chasseur du dimanche qui l'aurait confondu avec un cerf.

Non.

Une petite population de neurones dans son cerveau avait subi une décharge inattendue, démesurée et hypersynchrone, entraînant des convulsions puis un déficit massif en oxygène. Néanmoins, serait-il décédé au cours d'un tremblement de terre à Lisbonne ou d'un tsunami en Thaïlande que cela n'aurait rien changé à l'affaire : quand un crime est sans criminel, il est aussi sans mobile ni motif. Je n'arrivais pas à trouver de compromis philosophique acceptable et n'avais personne contre qui retourner ma colère ou mes questions. Pourquoi n'importe quoi peut arriver à n'importe qui n'importe quand ? Pourquoi le mal frappe-t-il les innocents ? Et cet enfant ? Pourquoi ses parents et ses grands-parents devaient-ils souffrir de son absence en lui survivant ? Pourquoi la mère s'était-elle trompée d'adresse ? Pourquoi l'ordre des choses avait-il été bousculé ainsi ? Hein, Alvaro, pourquoi on a parfois l'impression d'entendre l'Univers ricaner cruellement?

– Le malheur est une variation comme une autre des hasards naturels, docteur, m'a répondu mon bonhomme aux saignements imprévisibles. On ne devrait pas essayer de se consoler de nos malheurs à coups de barbu tout-puissant qui distribuerait paradis, rétributions ou châtiments.

Il a haussé les épaules.

– J'ai trop laissé traîner ma colère. Commettez pas la même erreur, docteur.

Pour conclure par un truc qui m'a causé une entorse au cerveau depuis :

– Le malheur, c'est la preuve que le monde ne nous ment pas, Jean.

Ces mots me frappent tellement fort qu'ils me sortent de l'antichambre douillette qu'est la post-adolescence pour me jeter dans la grande et froide pièce de l'âge adulte.

J'ai repensé à cette histoire de colère et de peur.

Et il a bien fallu que je me rende à l'évidence : je n'étais pas en colère contre le monde parce que cet enfant était mort. Non. J'avais peur. Juste peur. Je vivais dans un monde où les enfants aussi peuvent mourir. Non pas que je l'ignore. Mais quelle différence entre savoir et voir !

Je serais moins tourmenté si j'acceptais plus que les choses soient ce qu'elles sont. Et si je n'y parviens pas, moi, à dire oui à ce qui est? T'es jamais tranquille, quand tu n'arrives plus à dire oui. C'est de la colère tout le temps. Tu ne te reposes jamais. T'es comme un instrument désaccordé d'avec la musique du monde.

Je ne suis pas ce genre-là, mais si j'avais mauvais esprit je demanderais bien à Alvaro ce qu'il en est de la mort de sa Charlotte, si elle aussi est la preuve que le monde ne ment pas.

J'y ai repensé sans cesse, surtout quand son état de santé s'est dégradé salement. La vérité du monde, il allait se la prendre en pleine gueule, mon vieux sage.

L'histoire d'Alvaro, c'est à cause d'elle que je retombe à chaque fois dans la cigarette. J'arrête, ça dure une semaine, deux semaines, je tiens le bon bout, je retourne voir Alvaro en visite à domicile et, BIM, je rechute.

Pour vous donner une idée de la situation, voici le courrier que j'ai écrit au neurologue.

« Bonjour Docteur,

Je m'appelle Jean B., je suis médecin généraliste, je vous écris à propos de M. Soares, que vous avez vu pour une métastase du tronc basilaire.

Je l'ai mis sous Cortancyl 60 mg en début de semaine, pour diminuer l'œdème inflammatoire parenchymateux.

Je viens le voir cinq jours plus tard, non seulement son état ne s'est pas amélioré, mais il s'est même dégradé, avec asthénie, céphalées, rire spasmodique, et une aggravation de son déficit moteur hémicorporel gauche.

Vous deviez le revoir en consultation dans un mois, en l'état actuel des choses je m'inquiète beaucoup et je sollicite urgemment un rendez-vous afin d'envisager si besoin une hospitalisation et/ou modification du traitement mis en place.

Merci beaucoup,

Docteur B. »

Vous avez déjà vu un type qui souffre de rire spasmodique ? Il a ça, Alvaro. Quelle malédiction ! Le crabe a enflé dans son crâne et appuie sur des zones bizarres, celles qui contrôlent le rire. Alvaro peut pointer son corps du doigt, dire une phrase terrible, « Je suis devenu une loque, docteur », puis se mettre à rire !

– C'est atroce, ajoute-t-il, je peux plus bouger le côté gauche.

Il ricane. Peut pas s'en empêcher. Comme si son corps détraqué se conduisait exactement à l'inverse de ce qu'exigeraient les conventions sociales en de telles circonstances. Ses yeux pleurent et son côté droit rigole, pas son côté gauche, qui ne bougera plus jamais. Tempe, patte-d'oie, paupière et compagnie, tout est horriblement tordu dans son visage, la boue dont nous sommes faits a gagné sur la forme.

Pour ne pas mentir, il ne ment pas, le monde. Un monde au soleil noir. Il tape fort, ce soleil, j'en ai le nez pelé de désespoir. Tu as raison, Alvaro. Chaque fois que tu ris sans le vouloir à cause de ces putains de tumeurs dans ton crâne, c'est le monde qui crie la vérité, la mort entre les dents. Ça remet les idées en place de comprendre.

– Moi, j'ai construit le plateau de cardiologie du CHU, docteur, j'étais jeune artisan, j'avais vingt ans, j'en ai trois fois plus aujourd'hui, et, chaque fois que je croise un ami qui s'est fait déboucher une artère du cœur, je me dis c'est bien, Alvaro, tu as bien travaillé.

Alvaro s'est usé le genou sur tous les carrelages du monde, s'est déboîté les épaules et a rongé ses articulations jusqu'aux os en construisant des maisons, des routes, des écoles, des hôpitaux, bref, pour construire ce qui nous est bien utile en se détruisant le squelette.

Oui, il a fumé, bien fumé même, car ça le déstressait et lui apportait l'illusion d'un petit peu de bonheur, maintenant il a un cancer de la gorge et ce rire à la con qui lui échappe tout le temps, surtout dans les pires situations.

Un homme qui doit, sa vie durant, remettre à un tiers le fruit de son travail et faire prospérer à la sueur de son front le tour de taille d'un patron développe à l'égard de la maladie une forme de fatalité effrayante. L'exploitation l'a rendu docile, même à l'égard de sa propre mort.

Depuis, je vais le voir toutes les semaines, chaque fois il m'offre une petite cigarette et, quand je repars, il m'en fourre une dans le sac, « tu le diras pas à ta mère, hein ! ». J'ai trente-six ans, ça m'arrache un sourire.

Bizarrement, il n'a jamais été aussi riche que depuis qu'il est malade. Avant, quand il travaillait, Alvaro gagnait une misère. Maintenant qu'il a la chimiothérapie, la radiothérapie et les morphines à fond les ballons, il reçoit un peu plus d'aide, il peut vivre (non pas confortablement, faut pas pousser non plus, mais mieux qu'avant).

Un cancer et 300 euros par mois en plus, « Qu'est-ce que je vais faire de tout cet argent ?! » me demande-t-il le plus sérieusement du monde. Je pourrais lui dire : pourquoi tu n'emmènes pas ta Charlotte en voyage ?, mais il n'y a plus de Charlotte. Pourquoi tu ne vas pas au restaurant avec ta famille ? Il ne peut plus grailler. Son larynx s'est trop rétréci. Et il n'y a plus de famille non plus.

Il se penche vers moi en souriant :

– Tu sais, docteur, j'ai pas fait d'études, alors je crois que je vais prendre des cours d'anglais avec ces sous en plus. Je l'ai jamais dit à Charlotte, car j'étais sûr de pas y arriver et je voulais pas qu'elle voie le plouc que je suis, mais dès que je suis guéri de cette merde je m'y mets !

Il a suivi scrupuleusement la chimiothérapie, la radiothérapie, tout ça pour s'inscrire à des cours d'anglais quand il serait remis sur pied. Finalement, à cause du retard diagnostique et thérapeutique, à cause du Covid, à cause des hôpitaux surchargés, à cause de la vie[*], son cancer a repris, mais on va l'opérer.

– Le chirurgien m'a expliqué qu'ils allaient gratter jusqu'à l'os. J'aurai plus de cou. Je sais pas comment c'est possible ça, de plus avoir de cou. J'aurai un petit trou dans la trachée, je pourrai plus parler avant des mois. Du coup, c'est foutu pour les cours d'anglais, hein, Jean ? Hein que c'est foutu ?

Et d'ajouter :

– J'espère que Charlotte m'en voudra pas.

Elle ne lui en voudra pas. Car il a réussi cette chose complètement dingue : demander à suivre toute sa rééducation post-laryngotomie en anglais. Alvaro cause avec un trou dans la gorge, mais il cause en anglais. Inédit. Personne n'avait vu ça au centre de rééduc.

Faut l'entendre sortir des phrases comme « *Is there something wrong ?* » ou « *Could I have some coffee, please ?* » avec son appareil dans la gorge qui lui colle une voix de robot.

Tout ça pour une morte ! Si c'est pas de l'amour…

---

* On vient au monde, la vie est une chienne, puis on meurt.

Clairement, celui qui pense avoir tout vu dans la vie n'a jamais soigné un grand escogriffe dont le trou de trachéotomie est capable d'adresser aux infirmières des phrases comme «*Sorry*, *my* chère, *do you have* un laxatif *for* moi, *because I have to demouling a cake*».

À la fin, il me parle de son enfance. Il me dit qu'il a guéri de tout et qu'il est prêt à partir «causer *English* au paradis avec ma Charlotte». J'ai dit que je haïssais les hommes, mais j'ai menti. Je fais des exceptions.

J'aime mon métier. Certes, parfois j'ai envie de fermer le cabinet plus tôt avec une affiche où j'aurais écrit: «J'ai fermé plus tôt car: ras-le-cul de vos problèmes.» Parfois, aussi, des gens nous rappellent que ça vaut le coup. Oui, ça vaut le coup.

Vous en pensez quoi?

Parfois je me demande si je soigne parce que je me persuade d'arriver à sauver les gens, ou si c'est juste pour prévenir l'ensauvagement global des êtres. Comme un animal blessé, l'Homme, quand il n'est pas soigné, peut devenir méchant, faire du vilain, et le malade qui souffre peut chercher à se venger de ce bas monde.

Je crois que je soigne pour abaisser la température du gros thermomètre à méchanceté.

Un degré après l'autre.

Une raison comme une autre. C'est la mienne.

Et là, on en revient au sujet de notre discussion : les larmes. On apprend aux petits garçons à marcher ou à faire du vélo, mais on m'a aussi appris comment bien réprimer mes larmes, parce qu'un homme ne pleure pas. D'ailleurs, à cause de toutes ces conneries, les mecs se suicident plus que les femmes. Pleurer, c'est un truc de tapette, mais se suicider, c'est OK ! Ben non. Je suis à fleur de monde comme on peut être à fleur de peau, j'ai les poils hérissés, j'ai la chair de foule.

Pleurer, ce serait mettre mes sentiments en harmonie avec la situation. Je ne sais plus pleurer comme un musicien ne saurait plus jouer ou un chanteur chanter.

Mon problème n'est pas de ne pas arriver à pleurer, c'est d'arriver à lâcher prise. Peut-être que c'est pour ça, tous ces mots. Quand je sens que je vais me relâcher, je m'en sors par une pirouette. Je tourne autour du pot, je me détourne, je saute au-dessus de l'obstacle. Parce que ça fait mal. Je ne veux pas me laisser faire par la vie, mais je ne veux pas non plus me laisser faire par les mots. On peut se faire tabasser par les mots, vous savez ?

Je veux pleurer. J'en ai « besoin ». Alors je parle je parle je parle. Ça part dans tous les sens, sans doute. Mais c'est pareil dans mon métier. Je ne veux pas paraître trop sérieux. Le rire marche bien pour désamorcer le désespoir. Désolé de vous confier tout ça aussi brutalement, sans filtre. Je ne triche pas. Les mots viennent comme ils peuvent.

Aujourd'hui je suis fatigué. Je n'ai pas beaucoup dormi. En vrai, je n'ai pas dormi du tout. Depuis longtemps. Et Josette est morte ce matin. Je l'ai veillée toute la nuit. D'habitude, ça va, mais, là, ça me heurte, et le seul truc bizarre auquel je pense est : « Tu n'aurais pas dû la faire attendre quand elle venait te voir à la consultation. T'aurais dû lui donner un passe-droit. Pour qu'elle ne fasse pas la queue au cabinet. Elle n'avait pas le temps. » Je n'arrête pas de penser à cette histoire de salle d'attente.

Un jour, j'arrêterai de me sentir responsable pour tout. Un jour, j'arrêterai de m'excuser tout le temps.

Je culpabilise pour toi, Josette.

Après la prise de sang, je ne t'avais pas vue pendant plusieurs mois. Puis tu es arrivée au cabinet médical avec un foulard autour de la tête, et un nouveau dossier médical gros comme la Bible. Tu m'as parlé de ta récidive de cancer, de tes chimiothérapies, j'ignorais tout cela et je me suis demandé comment j'avais pu ne pas être au courant. J'ai regardé ton dossier médical dans l'ordinateur, j'ai découvert avec inquiétude que, par un hasard du calendrier, c'était mon associé qui t'avait accueillie les deux dernières fois.

Situation étrange donc, où c'est la patiente qui annonce sa maladie au médecin et non l'inverse. Un cancer du sein a priori bien installé puisqu'il avait fait des petits un peu partout, m'as-tu dit. Je t'ai souri mais, au fond de moi, j'étais effondré parce que je savais que le pronostic n'était pas bon, vraiment pas bon, et que je t'aime bien. J'essaie d'être délicat : j'ai toujours peur que les patients très malades voient flotter dans mes yeux l'idée de leur mort prochaine.

J'étais aussi effondré parce que j'ai commis quelque chose sans que tu t'en aperçoives ce jour-là. Un mouvement du regard, imperceptible, si fugace qu'on pourrait même douter de son existence. Mais il a existé. On pourrait écrire des livres entiers sur certains regards.

Nous parlions de ce qui t'arrivait, de la chimiothérapie, des effets indésirables, de ta fatigue, de ton moral, et j'ai discrètement remonté le fil de ton dossier médical dans le logiciel informatique. Les derniers motifs des consultations pour lesquels tu m'avais sollicité depuis un an s'affichaient sur l'écran tourné vers moi, sans que tu les voies. Tous. Sagement rangés, les uns après les autres.

Je réfléchis toujours à ce geste.

En toute honnêteté, je sais pourquoi j'ai eu ce réflexe-là : j'ai fouillé dans tes archives pour savoir si tu m'avais, ces deux dernières années, consulté pour des douleurs mammaires, ou un amaigrissement inexpliqué, ou tout autre signe avant-coureur de ta maladie.

Non, ça n'avait pas été un motif de consultation.

C'est horrible, Josette, mais j'ai été soulagé. Il faut que tu le saches, et c'est plus facile de l'avouer maintenant que tu es morte : j'ai un peu honte de moi, mais je suis humain, je fais ce que je peux avec ma conscience. Pourtant, ce jour-là, après que tu m'as annoncé ta très mauvaise nouvelle, mon premier geste inconscient a été d'aller chercher dans l'ordinateur de bonnes raisons pour me disculper. Tu cherchais un docteur, je cherchais mon innocence.

Aucune illusion : en agissant ainsi, j'évaluais quelle part de mon existence avait pu participer au grand malheur frappant la tienne. Te l'avais-je prescrite trop tard, cette prise de sang ? Quelle question !

Personne ne nous apprend à gérer les erreurs médicales, ce n'est pas enseigné à la faculté.

On est tout seul avec ça, face au miroir le matin.

Oui, un jour j'arrêterai de me sentir responsable pour tout. Un jour, j'arrêterai de m'excuser tout le temps.

Désolé, je suis sinistre. J'ai plombé l'ambiance, je le sens bien. Mais on s'accuse tellement, dans la vie. Et on se déteste sans raison, on se vilipende, on se toise, on se juge, pour tout, pour rien, un diagnostic tardif, un bourrelet qui dépasse, un bouton disgracieux, des cernes un peu trop caves, deux-trois kilos en trop, c'est toujours notre corps qui accuse le coup le premier : qu'il serait bienvenu de se regarder dans le miroir en se foutant un peu la paix ! Si on oubliait toutes les phrases méchantes qu'on s'adresse à soi-même et qu'un jour, par hasard, dans le restau où l'on est en train de dîner, on entendait à la table d'à côté monsieur dire à madame toutes ces fameuses phrases, nous nous lèverions comme un seul homme et nous prendrions la défense de cette femme en pensant que son mari est un sale con. On se dit si souvent mille fois pire dans la glace. Comme si nous étions des corps sans histoire… N'importe quoi ! Un corps, ça va toujours avec une histoire. Bonne ou mauvaise, mais une histoire quand même.

Bref, où j'en étais ? Ah oui, Josette. Elle est morte ce matin et je l'ai veillée cette nuit, chez elle.

Je vous raconte.

J'ai eu cette chance d'avoir une longue et profonde discussion avec Josette avant sa mort. Oui, c'est vrai, elle a brûlé la chandelle par les deux bouts, et toujours le cœur sur la main (le genre de nana à cuisiner pour les étudiants de son immeuble qui n'ont plus de budget que pour des pâtes).

– J'ai tout le temps chaud, y a pas un truc pour faire baisser la température du corps, docteur?

– À part la mort, je vois pas.

On a ri. On a causé de la vie, de la mort, et s'il y a quelque chose après. Du sens de l'existence. Elle avait besoin de confier ses angoisses. Elle sentait que c'était bientôt la fin, elle avait peur. Normal. Je n'ai pas de sentences subtiles et définitives à prodiguer sur la mort. Elle existe, c'est tout ce que je sais.

Sinon, il n'y aurait pas assez de place sur Terre pour jouer au badminton les soirs d'été.

– J'ai toujours aidé tout le monde, me confie Josette. La seule personne que j'ai blessée, c'est moi-même. Je me suis fait beaucoup, beaucoup de mal. Je ne sais pas pourquoi j'ai fait ça. Je pense pas qu'Il m'en voudra.

Puis elle m'a regardé :

– Hein, docteur, que le bon Dieu m'en voudra pas trop…

– Non, c'est vrai. Je ne pense pas.

– Pourquoi je dis ça : je crois même pas vraiment en Lui !

Elle m'a proposé une cigarette. J'ai dit oui. À cet instant, fumer me donnait l'impression – illusoire mais impérative – de contrôler la manière dont j'allais mourir un jour. Une manière à moi de préparer le terrain de mon propre trépas, de m'y prendre à l'avance, bref, de ne pas mourir au dernier moment comme la plupart des gens, voyez ? C'est la seule explication rationnelle que je peux donner au fait de fumer avec une cancéreuse en stade terminal.

– J'ai lu un truc sur Internet, docteur. La théorie du Dernier Mardi. Vous connaissez ?

– Non.

– C'est une théorie du complot qui explique que le monde entier a été conçu mardi dernier.

– C'est-à-dire ?

– L'Univers n'existerait que depuis quelques heures.

– Tout ?

– Oui, tout. Nos souvenirs auraient été créés comme ça, comme par magie, juste mardi dernier. Et aussi tout ce qui nous entoure, comme les cathédrales, la grotte de Lascaux, la *Joconde*, la Bible, absolument tout.

Je n'ai rien pu répondre. C'était absurdement poétique, et donc absolument irréfutable.

– On est quel jour, docteur ?

– On est mardi, Josette.

– Me voilà bien ! Mourir le jour même de la création du monde, alors que tout commence, quel dommage !

Elle l'a dit comme si ça existait, des beaux jours pour mourir, puis elle a ajouté :

– En même temps, docteur, je dois bien confesser : j'aurais pas aimé partir avec la première mort venue !

On a fumé sur son balcon, au soleil, en silence. Les voitures passaient en bas, sans nous calculer. Quelle chorégraphie parfaite ! Aucun soubresaut, fluide, évidente, c'était la vie qui va. J'ai pensé à Alvaro. À sa Charlotte qui était morte. À lui qui était seul dans son appartement avec ses leçons d'anglais. À la fille de Josette. Il faut soigner les vivants. Depuis la mort du gosse, je m'étais remis à fumer et à me ronger les ongles.

Le corps est une argile malaxée par les épreuves de la vie. Nous vivons une époque où le mot « résilience » est mis à toutes les sauces. C'est une véritable épidémie. Il faut être résilient. Les patients doivent être résilients.

Comme si on vous tordait le bras en vous répétant : « Tu vas aller mieux, oui ? Il faut que tu ailles mieux ! Tu ne peux pas ne pas aller mieux !! »

Ben non.

Parfois la vie est plus grande que nous, trop traître, trop injuste, donc en réalité c'est OK si tu n'arrives pas à passer au-dessus de ta douleur. Ou si tu n'y arrives plus. Ou si elle t'accompagne doucement, comme un petit chien noir toujours à tes côtés. C'est OK si on ne pardonne pas à la vie, ou moins bien que son voisin.

Il y a un je-ne-sais-quoi d'effrayant dans cette injonction permanente à la résilience. Une manière, aussi, de faire accepter l'inacceptable, d'abdiquer, de se résigner, ou pire, de s'anesthésier face aux injustices.

Vous vous souvenez de la maxime de Nietzsche : « Tout ce qui ne me tue pas me rend plus fort. » Oui, peut-être. Tant mieux. Pour certains, ça doit marcher. Mais pour les personnes que ça a rendu plus fragiles ? Plus sensibles ? Plus chancelantes ? Parfois, ce qui a été fait ne peut être défait, c'est comme ça. Ce qui ne nous tue pas nous brise en mille morceaux. Alors oui, c'est joli, la mosaïque, mais c'est long à assembler.

Sans doute serions-nous moins humains si nous étions résilients pour tout, en tout, tout le temps. Certains guérissent de tout et c'est tant mieux. D'autres ne guérissent pas totalement, ils se rongent les ongles, se remettent à fumer, s'angoissent pour eux, pour les autres, pour la marche du monde, et se mettent en colère pour un rien.

Il faut continuer, en acceptant peut-être que tout n'est pas toujours acceptable.

Bref, je ne sais pas trop pourquoi je vous balance tout ça. Sans doute pour me persuader que c'est OK de ne pas guérir du monde, parfois.

J'ai beaucoup parlé et je suis fatigué. Quand le corps ne peut pas dire, les mots essaient. Il existe beaucoup de questions, peu de réponses. On manque de souffle… Étrange métier. Étranges humains. Étrange soleil. Étrange planète. Étrange étrangeté, bien étouffante… Je ne veux pas que ces histoires soient perdues. Elles sont des munitions contre cette pente naturelle qui nous pousse au désespoir, au cynisme, au « à quoi bon ? ». Parce qu'on est toujours à deux doigts d'un moment de pure chaleur humaine, une rencontre : deux êtres humains comme deux trajectoires lancées depuis leur naissance dans le vide de l'espace qui, d'un seul coup, se croisent et s'étreignent au milieu d'une obscurité infinie. Parfois, il se passe quelque chose de beau ici-bas. Pas souvent, pas longtemps, mais ce n'est pas une raison pour ne pas en parler.

Josette n'est pas morte ce mardi-là, mais celui d'après. Elle a mis sept jours à s'éteindre sur son lit médicalisé. Sa fille m'a appelé :

– Je pense que c'est pour ce soir. Est-ce que vous voulez passer ? Nous sommes plusieurs à la veiller.

J'ai dit d'accord.

Je devais passer deux minutes et je reste toute la nuit. Ce n'est pas n'importe quel cœur qui s'éteint ici.

C'est étrange, une veillée. On rit, on pleure (ceux qui peuvent), on parle de la vie, de la mort, on refait le monde en mieux, c'est beaucoup moins triste qu'on ne l'imagine, même si on entend les proches regretter de ne pas avoir eu le temps pour tel ou tel projet.

Parfois, une personne souffle : « Ça fait partie des choses qu'on dit qu'on fera et qu'on ne fait pas, c'est con. »

Oui, c'est con. Sans doute qu'on ne devrait jamais remettre à plus tard, parce qu'il est toujours plus tard qu'on ne le pense dans la vie.

Ses amies me demandent comment était Josette en tant que patiente, je ne sais pas quoi répondre, bredouille un truc comme quoi je n'aurais pas dû la faire attendre en salle d'attente. Que ça me travaille. Elle n'avait plus le temps de poireauter comme le patient lambda qui vient pour son rhume des foins.

On me fait justement remarquer que oui, c'est vrai, elle n'avait pas le temps, mais qu'elle n'aurait pas aimé pour autant que je la désigne au milieu des autres et que je la fasse passer avant eux. L'exposer au regard de tous. C'était quoi alors, la solution ? « Ne pas mourir », murmure quelqu'un, et je crois qu'on ne pouvait pas mieux dire, même si ça a fait rire le cercle. Pour rebondir, j'ajoute un truc idiot :

– Tout ce que je sais d'elle, c'est ça : quand elle venait me voir au cabinet et qu'elle était triste je la vouvoyais, quand elle était heureuse je la tutoyais, j'ignore pourquoi.

Ce mystère nous tient éveillés une bonne heure. Personne ne l'a résolu ce soir-là. Alors on continue. Parler de la vie. De ce qui se dit ici-bas. De ce qui ne se dit pas. De ce qu'on pense tout bas en se croyant bien seul à le penser. Je me souviens de moments comme ça. À se reconnaître dans les intranquillités de l'autre. Briser le dialogue angoissé qu'on entretient avec soi-même. Rire avec l'autre de nos communes fragilités. Les questions sont moins lourdes à porter quand elles sont partagées, et sortent plus facilement quand la mort plane au-dessus des bols de chips.

Au final, on dort tous ensemble. Qui à l'étage. Qui auprès de la malade. On se lève, cinq ou six fois dans la nuit, histoire de s'assurer qu'elle ne souffre pas, qu'elle ne suffoque pas, et on appuie sur le pousse-seringue d'antalgique s'il le faut.

On dort par petits bouts, on est soumis à des rêves étranges où la patiente, qui est aussi devenue notre amie, se réveille et vit une autre vie que la sienne (elle est guérie et part faire le tour du monde parce que pourquoi pas).

On est épuisés et malheureux, mais aussi épuisés et heureux. De faire ça pour cet autre être humain. Parce que ça nous rappelle que nous sommes des Hommes, et même une civilisation. On redonne à la vie son sens primordial.

La porte n'arrête pas de sonner. Toute la nuit, des gens viennent dire au revoir à Josette, ou l'empêcher de mourir, qui sait. Essentiellement des Sud-Américains. Les proches s'échangent les souvenirs comme les bouteilles de vin, se rappellent l'importance qu'il y a de vivre encore. J'apprends que Josette s'était engagée dans la résistance antifasciste en Amérique latine. Sa fille nous montre même un coin du jardin où sont enterrées une caisse avec une kalachnikov et des imprimantes à faux passeports. Vers minuit, conformément à ses directives, on brûle une valise de vieux billets, impossible de les rapporter à la Banque de France, il faudrait expliquer leur provenance, et Josette en emportera le secret dans la tombe. On empile les liasses, et on y jette une allumette. Drôle de feu de joie, drôle de fête. Ils brûlent bien, les billets, à croire que ça pourrait être fait pour. Je me tiens en retrait (je ne suis que le médecin de famille, après tout !), mais quand même : j'ai furieusement l'impression d'enterrer Che Guevara.

– Elle était dans la lutte armée, me glisse quelqu'un à l'oreille.

Je hoche la tête, l'air de déjà connaître l'information, même si j'ignore un peu de quoi on parle. Je sais quand on se bat pour avoir la dernière part de tarte à la maison. Ou mon histoire avec le beurre Président en 125 grammes. La lutte armée s'arrête là de mon côté.

En une nuit, près de quarante personnes se succèdent au chevet de la patiente. Lui caressant la main, lui épongeant le front avec un linge humide, lui chuchotant des mots qui doivent être dits avant que… On le sait maintenant, ça pourrait arriver d'un moment à l'autre.

Ils sont tous là, ses compagnons de lutte. Auprès d'elle. Pour l'aider à passer, à la fin, ils se mettent en cercle autour de son lit et entonnent un chant révolutionnaire espagnol. Imaginez la scène. C'est beau. Mieux que beau, c'est bien, et sans misère. La chose arrive vite, et sans accroc. Très bien. Je n'aurais pas voulu qu'elle s'en aille avec le visage de ceux dont la douleur semble avoir duré des siècles.

Les gens chantent, le jour se lève – un petit matin timide –, et c'est terminé : le brasier de billets a enfin fini de fumer, et une femme est morte.

Le monde entier semble à refaire.

Je ne suis pas triste en y repensant, car après on est rentrés chez nous comme si de rien n'était, reprenant le train-train où nous l'avions laissé. Et peut-être que rien n'était advenu, justement. La vie et la mort, ni plus ni moins qu'un mardi de plus sur Terre. Je ne sais pas. Je ne sais *tellement* pas... Sans doute que toute vie est particulière, et que chacune mériterait à elle seule un roman. Il y a des vies discrètes, il y a des vies flamboyantes. Il y a des vies que pourrait raconter Alexandre Dumas, d'autres que mettrait en scène Samuel Beckett.

Je ne suis pas sûr qu'il existe des vies plus réussies que d'autres. D'ailleurs, c'est quoi, une vie réussie? On ne mobilise pas autant de gens à son chevet, autant de tristesse et de joie mêlées, autant d'énergie positive, autant de fraternité et de sororité sans avoir réussi à laisser quelque chose de profondément beau, de profondément bon dans le cœur et l'histoire des autres. Et cela n'est pas triste. C'est beau, c'est bon, et c'est ce qui nous garde humains. Mais ça fait un peu mal aussi. On se réfugie dans la beauté pour oublier. Pas le choix. Moi, je choisis cette nuit de légende, je choisis le soleil du petit matin, mon jardin, le sourire d'un enfant, je prends tout et je m'en confectionne un édredon plein de couleurs, un manteau tissé de tout ce qui fait que le monde est le monde, et que ce monde ne me ment pas. Parce que je fatigue un peu. C'est l'hécatombe en ce moment, chez les patients.

J'en ai marre d'annoncer des mauvaises nouvelles,
j'en ai marre de remplir des certificats de décès,
j'en ai marre de voir des patientes pleurer,
j'en ai marre d'entendre que les hommes tapent,
j'en ai marre des yeux avec des coquards,
des yeux bleus, des yeux verts, des yeux noirs.
Aimer l'autre m'apparaît certains soirs
un sentiment révolutionnaire.

J'en ai marre de voir des patients qui n'ont rien me couvrir de cadeaux en fin d'année,

j'en ai marre de voir des patients aisés ne même pas dire merci,

j'en ai marre de voir des familles que la maladie sépare,

j'en ai marre marre marre des corps, des cris, du mauvais sort,

et même la goutte au nez fait déborder mon vase.
Mais ce fils près de son père,
mais cet éclat de rire avec ce bébé,
mais ce patient qui serre ton bras,

mais ce « je suis content que vous m'accompagniez »,

mais cette pensée : « je suis honoré de l'accompagner »,

on ne peut pas dire que ça n'a pas existé.

Ça a été, et ça ne peut pas ne pas avoir été. J'essaie d'y croire, et de me le répéter. Ça me fait un joli bouclier. Bref. Trop de lyrisme cul-cul, le miel, ça colle aux doigts et ça anesthésie, on en donne aux bébés avant de les vacciner, ce n'est pas pour rien si les adultes en ont aussi besoin parfois… On se demande si Dieu existe ou s'il a piscine, mais être à cette veillée, c'était un peu comme si, même en ne sachant rien, on devinait quelque chose, vous voyez ?

J'arrive deux-trois jours après au cabinet médical sur mon vélo rouge, j'ai sorti un petit jean bleu, de jolis mocassins beiges, et une marinière rouge particulièrement seyante. Avec ma boucle en or, mes yeux verts et mes cheveux blonds, je fais très «*I'm not heterosexual, girls!*». Un mec s'est retourné dans la rue, je n'ai pas su s'il allait me traiter de pédé ou mater mon boule, alors j'ai relevé la tête, «je suis un prince et cette ville m'appartient», genre Cindy Lauper *from the pink city of Cassoulet.*

Je suis tellement bonne ce matin, mon vélo était content d'être mon vélo. Bref, je serais bien descendu de ma selle pour me regarder pédaler. Le métier de médecin généraliste est quand même assez sédentaire, on est assis à un bureau, on se lève pour examiner les gens, mais globalement, si je compte le nombre de pas que j'ai effectués à la fin de la journée, pas de quoi être fier. Du coup, c'est toujours une parenthèse de bonheur lorsque je pars au cabinet ou en visite à domicile, et que je pédale à fond de train.

Me voilà redevenu adolescent, c'est un pur moment de plaisir régressif, je vole comme si j'avais onze ans, c'est ma respiration.

Cependant, j'avoue vivre un enfer depuis deux ans, depuis qu'un crasseux a écrasé son mégot de cigarette sur ma selle en pleine nuit, au sortir d'un bar ou d'une boîte, je l'ignore, j'étais en train de dormir dans mon lit quand c'est arrivé. J'ai trouvé cinq gros trous calcinés dans ma selle, au matin.

On va l'appeler Régis, cet individu. Régis, donc, il faut que tu saches : à cause de toi, chaque fois qu'il pleut, de l'eau entre dans la selle de mon vélo, qui est en mousse, et moi, comme je suis une tête de linotte, chaque fois que je monte sur mon vélo après la pluie, mon poids écrase la selle, fait ressortir toute l'eau de la mousse par les petits trous, en conséquence de quoi j'arrive au cabinet médical avec une grande auréole sombre au niveau de l'entrejambe.

Comment j'explique ça aux patients en salle d'attente ? Cette tache mal placée ? Je ne t'aime pas, Régis. J'ai essayé de mettre du scotch sur les trous, il tient deux-trois semaines à tout casser. En désespoir de cause, j'ai enfilé un sac plastique sur la selle, mais c'était un sac plastique de la formidable librairie Gibert Joseph, vous savez, le sac plastique jaune pétard. Résultat : avec le soleil ou les intempéries, le jaune a déteint sur mes pantalons et je me retrouve maintenant avec des longues traînées jaunâtres à l'entrejambe.

J'ai-envie-de-mourir. Régis, est-ce que tu te souviens d'avoir écrasé ta cigarette sur ma selle un soir de beuverie ? Si c'est toi, je te promets, je ne dirai rien, je veux juste que tu m'expliques pourquoi tu as fait ça, qu'est-ce que ça a soulagé en toi d'écraser ton mégot sur la selle de vélo d'un médecin généraliste qui se reposait après avoir bossé toute la journée ? Pourquoi ?

Je vous vois venir, on va me dire : mais pourquoi tu ne changes pas la selle de ton vélo ? Eh bien, je ne sais pas. Je fais une fixette sur cette selle, et sur ce que sa dégradation gratuite symbolise de nous, de notre société, de notre manière de vivre les uns avec les autres. Parce qu'elle était très bien, cette selle de vélo ! Elle était assez large, assez épaisse, et assez moelleuse pour mon auguste séant, bref c'était une chouette selle de vélo. C'est peut-être pour cette raison-là précisément que je refuse de m'en débarrasser, c'est quasiment devenu pour moi une question d'honneur ou de métaphysique, parce que je le sens au fond de moi : si je change cette selle, si je cède, alors je capitule devant l'idée que le monde est définitivement injuste. Pourquoi ? Tout simplement parce que : Ce n'est pas à la selle de changer, c'est aux gens !

Calme-toi, Jean.

J'arrive au cab, la salle d'attente est déjà blindée*. *Anyway, girls*, dans la file d'attente je découvre que la première patiente s'est habillée comme moi ! Petit jean bleu, jolis mocassins couleur ventre de biche, et une marinière rouge… Okidoki, *sister*, tu gères la fougère ! T'es belle comme un cœur ! Elle et moi, habillés pareil, on aurait dit qu'on allait se

* Je vous comprends, j'aurais un médecin aussi canon, je ferais la queue pour me faire ausculter dès qu'un trou me fait de l'air.

mettre à chanter en mode « ha ha, vous avez cru que c'était un cabinet médical ? Perdu ! C'est le début d'une comédie musicale ! ». Manquait juste Catherine Deneuve, mais j'étais là alors c'était la même chose !!! (Non ? Ah.)

Les gens tirent la gueule en salle d'attente : ils... « patientent » ! Prêt à tout pour leur remonter le moral, j'affirme à voix haute en la laissant entrer dans mon bureau :

– En toute objectivité, je tiens à dire que nous sommes le cabinet médical où les patientes et les patients sont les plus élégants, les mieux fagotés, et ont les meilleurs goûts vestimentaires ! Puis je creuse les joues, en mode « Victoria Beckham juge les journalistes » ou « Victoria Beckham calcule la racine carrée de 13 » ou juste « Victoria Beckham ».

Les gens ont ri, ma sœur de fringues a ri. Tout le monde a ri, c'était un chouette moment au pays de la maladie. Et n'oubliez pas : on est toutes méga canons, c'est affaire d'attitude. Et tu l'as, toi. Oui, tu l'as !

Elle m'emboîte le pas et, à peine entrée, vide son sac, m'explique que ce n'est pas une vie, que sitôt la journée commencée elle appréhende le moment où le manque arrive, alors elle est malade «comme un cHien», elle perd son boulot et elle est en galère de tunes, elle passe ses journées à vomir en errant dans la rue, à grappiller du flouze, à en piquer aux amis, à la famille, à sa mère, «ma pauvre maman», qu'elle marmonne, et, dès qu'elle en a elle se met en recHercHe du vendeur, elle ne pense qu'à ça, elle se mordille les lèvres, elle perd pied, perd sa vie, son temps, son corps, donc elle trouve le vendeur, à qui elle paie n'importe quoi pour avoir sa dose, même son cul, et sa dose est juste là pour l'apaiser, quelques Heures, comme on gratte une plaie qui démange, jusqu'au procHain boulot perdu, la procHaine errance, et les culs-de-sac d'une existence fracassée. Aujourd'hui, elle est contente d'avoir diminué sa dose de traitement substitutif à l'Héroïne à 1 mg, pensez-donc ! Elle a commencé à 16 mg ! Elle ne toucHe à rien d'autre, «c'est promis !» jure-t-elle, je l'encourage, nous aussi, nous sommes contents, on n'en sauve pas beaucoup des comme elles, ce sont souvent les plus difficiles à recoller, donc les victoires comme la sienne, ça nous fait du bien, elle HocHe la tête, a l'air un peu émue, «c'est vrai, docteur ?» demande-t-elle, «c'est vrai, madame», je n'ai pas l'impression de lui avoir raconté grand-chose de très gentil. Seulement, à ses oreilles, ça sonne comme la sentence la plus douce qu'on ait rendu sur sa vie depuis… depuis toujours ! Je tourne l'écran de l'ordinateur vers elle : « Regardez ! C'est écrit, là en petit, sur l'observation médicale de la précédente consultation » :

« *A baissé d'elle-même à 1 mg. Fantastique !* »

Elle lit ces quelques mots, qui ont l'air de la gifler d'abord, puis elle sourit, et se remet à pleurer par petits paquets de sanglots. Je crois qu'elle ne s'attendait pas à ce qu'un presque-inconnu se réjouisse pour elle.

Ça lui a redonné du souffle. Ça m'a redonné du souffle. Tant mieux, il n'était que 9 heures du matin, je me sentais déjà vanné, comme Atlas, mais un Atlas de rien du tout.

– Bientôt, murmure-t-elle, je serai libre.

Et elle a séché ses larmes, et c'était juste son sourire, là, devant moi, qui lui mangeait les yeux.

Je lui ouvre la porte, elle quitte le cabinet comme un oiseau qui prendrait le ciel tout entier pour s'envoler.

J'essaie de quitter cette bulle pour entrer dans la nouvelle. Quitter une histoire pour habiter une nouvelle histoire. C'est ça, la médecine. On ouvre une porte, on rit ; on ouvre une autre porte, on pleure. Dans chacune de ces nouvelles histoires, chacune de ces nouvelles pièces, les plaintes du monde entier à accueillir ! De 8 heures à 20 heures. Avec des corps au milieu.

C'est compliqué, ça, le rapport à l'autre. À sa peau. À son altérité. À ses fluides. À sa maladie. Au mystère de sa corporalité. De son incarnation. On n'est pas là pour se pincer le nez. L'être humain, on met les mains dedans. J'ai jamais mis de gants pour toucher la peau des patients. Si y a du gros furoncle qui tache, évidemment, mais pour toucher la peau de l'Autre, non, mais pour examiner une articulation, non.

La blouse, puis le masque, puis les gants, la calotte et les lunettes, vous feriez confiance à un médecin qui pose tant de barrières entre son corps et le vôtre, vous ? Rien de ce qui est humain ne saurait nous être étranger. Toucher le corps du patient, toucher là où il a mal, c'est une manière de dire « je m'approche de ce que vous êtes et de ce dont vous souffrez ».

Faudrait écrire une histoire des peaux humaines, décrire par le menu détail la sensation de palper un ventre, la souplesse des fascias, sentir les organes être repoussés sous l'action de notre main, la vie silencieuse sous nos doigts, le relâchement des chairs et des peaux, la pulsation des anciennes artères toutes durcies, c'est de la vieille vie derrière, quelle longue histoire que celle de ce cœur qui a battu pour abîmer ces veines à ce point-là, chercher la chaleur, lever une inflammation, tirer sur la carcasse, et derrière la mollesse des chairs c'est la vie qui a attendri la viande ; c'est horrible, mais c'est vrai. Car tous les corps viennent avec une histoire. Et cette histoire, elle est toujours inscrite sur les peaux.

– Je vous préviens, j'ai les mains froides, je leur dis parfois.

C'est important. Je ne les prends pas en traître. Et j'ai leur bien-être à cœur, ça compense en chaleur humaine les espèces de bâtonnets glacés qui me servent de doigts.

– C'est pas grave, docteur. Aujourd'hui c'est mon anniversaire et, comme je vis seule et que mes enfants ne viennent jamais me voir, ça m'a fait du bien d'être touchée par quelqu'un, me dit cette belle vieille dame tirée à quatre épingles. Juste une phrase qui me déchire le cœur.

Son cadeau d'anniversaire, c'était ça : voir dans mes yeux qu'elle était toujours vivante et qu'elle était digne d'être touchée, écoutée, regardée. Et, quand elle sort de mon bureau, je dis : « C'est l'anniversaire de cette patiente, on va pas lui chanter joyeux anniversaire, mais on peut le lui souhaiter tout de même. »

Les patients ont joué le jeu. C'était simple et doux. Elle a eu les larmes aux yeux. C'était quelque chose quand même. Y a des tas de gens, ils demandent pas grand-chose pour être à peu près heureux, et même ça la Vie leur refuse. À ce niveau-là, c'est de la méchanceté gratuite. Putain.

– Docteur, je viens car j'ai deux problèmes, me jette M. Abadie en entrant.

– Ah ! je réponds, enthousiaste, c'est quoi, le premier ?

– Mon genou. Il me fait mal.

Je lui fais retirer le pantalon et, les mains nues, je l'examine.

Vas-y que je lui fais coulisser la rotule, que je lui actionne le ménisque, un coup à gauche, un à droite, j'y vais franco, sans lui faire mal mais franco, sa peau est chaude sous mes mains froides, je sens ses callosités, ses poils noirs et durs, tout tout tout.

– Et c'était quoi, votre deuxième problème?

Et le vilain de montrer la peau de sa jambe, celle-là même que je viens d'empoigner six bonnes minutes durant:

– Ma gale est revenue, docteur!

Ah. Il aurait fallu commencer par cette information. Le sens des priorités, tout ça tout ça. Et je fais quoi, moi, maintenant? Je me lave les mains? Au napalm? Et il va penser quoi, de moi? Que je suis un médecin qui a peur de toucher la peau malade de ses malades? Et allons donc! Je vais pas lécher un lépreux pour lui prouver l'inverse! Je n'aurai pas l'air dégoûté. Ça non. Je ne vais même pas avoir l'air de regretter. J'aime l'être humain. Envers et contre tout. Il ne me fera pas flancher.

OK, monsieur Abadie. Tu me mets à l'épreuve, c'est ça? Hein? Dis-le, que c'est ça!

Pas le temps d'y penser, les prochains patients attendent: la fille de Josette, avec le petit-fils de Josette.

— Comment ça va ?

La crémation de Josette a pris plus de temps que prévu.

– Jusqu'au bout, c'était une dure à cuire, commente sa fille, et l'on rit comme lors des enterrements.

– Pourquoi venez-vous aujourd'hui ?

Ils préparaient le déjeuner quand le gamin a voulu aider sa maman. Évidemment, ce qui devait arriver arriva. Une cuisine. Un couteau. Un enfant. En voulant préparer le repas, le petit s'est coupé et la mère sollicite mon avis : est-ce qu'ils doivent se rendre aux Urgences ou pas ?

Selon elle, il s'agit d'une toute petite coupure de rien du tout, mais elle n'en sait trop rien, car son fils, dit-elle, « raconte n'importe quoi... ». Tous les soignants en ont déjà fait l'expérience : avec les petits, il suffit de leur montrer un endroit en leur demandant s'ils ont mal pour que la réponse soit invariablement oui. Une sorte d'instinct de conservation. Un reste de cerveau reptilien. « Dans le doute, si on te demande, dis que tu as mal. Quelqu'un s'occupera de toi. »

Je l'installe sur la table d'examen et commence à retirer le pansement autour du doigt blessé, quand l'enfant de six ans me regarde, pose sa petite main sur mon bras pour arrêter mon geste et m'annonce : « Je te préviens, j'espère que tu es prêt, parce que c'est pas joli-joli. Tu vas faire des cauchemars… et toute la nuit, en plus ! »

Cette phrase m'a transpercé. C'est si rare que les patients veuillent prendre soin de mon petit cœur de médecin*.

T'inquiète, mon petit, je vais me donner du mal pour te faire une jolie cicatrice, même que je mettrai un petit écriteau « Fermeture pour cause de réparation ».

---

* Médecin qui n'a pas dû voir de plaie depuis au moins une bonne heure !

Je vous jure, ce mot d'enfant m'a tué. Il m'a ramené, par sa naïveté, à une poésie du monde que j'avais perdue.

Une fois, une copine infirmière des Urgences tapotait le bras d'un gamin pour faire sortir la veine, le petit l'a regardée et lui a demandé : « Hé, pourquoi tu me frappes ? J'ai pas fait de bêtise ! »

Deux personnes. Un adulte, un enfant. Deux visions différentes de ce qui est en train d'arriver.

Lorsque l'infirmière est partie avec un échantillon du sang de l'enfant, celui-ci a eu cette phrase : « Hé, où tu vas avec mon corps ? C'est à moi ! »

L'enfant avait raison ! Son sang, c'était son corps ! Peut-être que je commets une erreur en prenant un raccourci, mais cet enfant et cette infirmière… Ce qui se passe entre eux, là. Comme le germe de tout ce qui, plus tard, sera responsable du fossé entre les patients et nous. L'incompréhension, le manque de communication, l'incapacité à voir avec les yeux de l'autre, ce que ressent l'autre, sa vision à lui de ce qui est en train d'arriver ici et maintenant au moment du soin.

Tu as raison, gamin, peut-être que je n'étais pas prêt. Peut-être que oui, c'est pas joli-joli, ce qu'on voit au cabinet médical. La vie, c'est pas joli-joli. Ce que tu me dis, gamin, en me prévenant de la mocheté de ta petite blessure, c'est : tu as le droit d'être encore touché par du sang, par une plaie, par des pleurs. Tu as le droit de ne pas être totalement blasé. Tu as le droit de faire des cauchemars quand le quotidien est trop dur. Même si tu es médecin. Même si tu en as vu d'autres. En un mot : tu as le droit d'être encore un être humain.

J'ai examiné l'intérieur de la plaie avec une lampe frontale, et savez-vous ce que j'y vu ? Pas un cabinet médical, non.

Une forêt de cerisiers en fleur.

Peu après, un type arrive avec une chaise sous le bras.

– Bonjour… Je suis le voisin de Mme Moreno.

– Ah ? Comment va-t-elle ?

– Beaucoup mieux maintenant qu'elle est morte.

– Oh, je suis désolé. Vraiment.

Il hausse les épaules, manière d'afficher son degré de proximité avec la défunte.

– Ça s'est fait doucement, d'après ce qu'on sait. Je viens vous voir car vous étiez sur son testament.

– Ah ?

– Elle n'avait pas grand-chose.

– Oh ça, je sais. Mais pourquoi moi ?

– Elle avait été si touchée par vos visites. Elle vous appréciait énormément, m'a-t-elle dit.

– Vous êtes sûr qu'on parle de la même Mme Moreno ? Gisèle Moreno ?

– Oui, oui, c'est elle. Elle m'a raconté qu'une fois vous lui aviez offert des fleurs.

– Oui, enfin, non, on m'en avait offert et je lui ai do… Quoi qu'il en soit, je ne peux pas accepter. J'ai été son médecin : ce ne serait pas déontologique, et c'est même interdit par la loi, je crois.

– Je pense que votre ordre sera indulgent compte tenu du legs en question.

– Pourquoi ?

– Il s'agit d'une chaise.

– Sa chaise en bois ? Cette chaise ?

– Oui. Vous pouvez la refuser, j'en ferai don à une association, ou je la bazarde, elle ne vaut rien de toute manière.

Je prends la chaise, stupéfait. Qu'est-ce que tout cela veut dire, Gisèle ? Pourquoi tu me fais ça ? Et qu'est-ce que je dois en tirer, de cette histoire ?

Quand il ne reste plus personne en salle d'attente en cette fin de matinée, je repense au gamin avec sa plaie ouverte.

Je crois qu'il m'a donné la force nécessaire.

Je regarde la chaise en bois de Mme Moreno. Avec le tableau au-dessus, celui qui montre un endroit de la ville qui n'existe pas. Celui où vont toutes les larmes du monde. Me revient en mémoire cette phrase de Nietzsche: «L'art nous est donné pour nous empêcher de mourir de la vérité.» C'était pas le dernier des cons, lui. Je suis là, dans un silence de compétition, à touiller la misère en moi. Je regarde de nouveau le siège vide en face et je souffle fort. Ce qui empêche d'avancer, c'est de croire que le passé, c'est du passé. Pour autant, «faut pas gratter où ça vous démange pas», disent les gens, mais, justement, n'est-ce pas précisément ici que ça me démange depuis la mort du gosse? Je passe derrière le bureau, m'assois sur la chaise en bois de torture.

Je prends le stéthoscope, je le chausse à mes oreilles et, comme il n'y a personne, je déboutonne ma chemise et colle le pavillon contre mon thorax. Tap... tap... tap, j'entends que ça palpite, c'est régulier là-dedans, sinusal. Est-ce que ce sont des battements? On dirait le bruit sourd de quelqu'un frappant à une porte. Tap... tap... tap... Oui, on cogne à une porte... Une porte en dedans. Y a-t-il un cabinet médical dans mon cœur? Un cabinet médical avec un bureau, une table d'examen, une porte… Tap… tap… tap. J'écoute. Quelqu'un se lève, des bruits de pas, j'écoute plus fort… Le médecin fait le tour du bureau, et va ouvrir cette porte sur laquelle on tambourine. Un patient est là. C'est moi, le patient… Le médecin me fait asseoir. On dirait que ça chuchote à l'intérieur… « Bonjour, docteur, est-ce que je peux vous voir ? – Bien sûr, asseyez-vous, Jean. »

Je nous entends nous asseoir chacun de son côté du bureau. « Que vous arrive-t-il ? » Je retiens ma respiration et nous écoute, longuement, parler. Je parle de ce que j'ai de plus intime. Et il parle de ce qu'il a de plus intime. Le cœur est un organe creux, comme l'oreille, la bouche, les narines, l'anus, le vagin, le pénis, où toutes les blessures du corps peuvent aller se réfugier.

Que le monde soit dur ne signifie pas qu'il soit sans douceur, et, cette douceur, on peut s'en saisir pour la porter bien au chaud à l'intérieur du cœur. Il y a des médailles plus vilaines.

– Bonjour, docteur, je viens parce que je n'arrive plus à pleurer depuis qu'un enfant est mort. Je sais plus quel âge il avait, est-ce qu'il avait sept ans, est-ce qu'il avait huit ans, est-ce qu'il avait dix ans? Quand il avait dix ans, il faisait du sport, ses parents l'envoyaient chaque été en stage. Avec un super prof, tout le monde l'aimait, ce prof. Un type petit, barbu, râblé. Avec un grand sourire sur le visage. Un jour, le prof a disparu. On a appris qu'il ne reviendrait plus, qu'il était en prison. – Ah. – On m'a envoyé me coucher plus tôt que d'habitude ce soir-là. Moi, je me suis levé et, sur la pointe des pieds, j'ai rôdé dans la maison. J'ai écouté à la porte de la cuisine, mes parents discutaient à voix basse comme des malfaiteurs. Mon père, il a prononcé une phrase du genre: «Je te jure, ma chérie, s'il a fait du mal à Jean, je le tue. Je le tue!» Moi, je l'ai cru, car c'était mon père et que les adultes ne mentent pas. J'ai cru que si je parlais mon père irait en prison. À l'époque, je savais déjà que j'avais ce truc avec les garçons, mais je confondais tout, comme un enfant de dix ans peut tout confondre, et je me suis persuadé que si je parlais mes parents allaient imaginer que c'était peut-être ma faute, ce qui était arrivé, que j'étais un sale pédé, que j'avais peut-être tout inventé, ou pire, tout fantasmé, et j'étais piégé. Alors le lendemain, quand ils sont venus me voir dans ma chambre et qu'ils m'ont annoncé que le prof avait violé et agressé sexuellement cinq enfants du club, j'ai promis, j'ai juré, il ne m'a jamais touché, je vous l'aurais dit sinon ! Comme j'étais un enfant qui ne mentait jamais, mes parents m'ont cru, ils ont voulu me croire peut-être aussi, impossible d'admettre que t'as envoyé ton gosse dans la gueule du loup. C'était mieux comme ça. Cette version de l'histoire, elle rassurait tout le monde. Je ne dirais pas que j'ai commencé à détester les hommes à cette époque, et surtout pas à cause de ça, ce serait trop commode. Mais maintenant je traîne deux enfants morts, celui que j'ai été, et l'autre avec sa crise d'épilepsie, et c'est trop d'enfants à porter. Un enfant mort, à la rigueur, ça va, on serre les dents, on pleure à l'intérieur. Mais deux enfants morts, c'est trop, ça pèse lourd, les enf…

J'arrache le stéthoscope de ma poitrine, pour que cette discussion s'arrête aussitôt. S'il pouvait, le petit garçon ne finirait jamais de parler. Que de chemins détournés, que de mots, que de moi, que d'eux, que d'histoires, que de romans, et tous ces personnages, comme autant de masques où abriter mon visage, d'autres vies que la sienne pour se raconter soi.

J'ai l'impression d'avoir été voyeur de ma propre histoire. Je n'imagine même pas le courage qu'il faut pour dire tout ça, moi, je n'y arriverais pas, ou alors j'utiliserais des périphrases, des métaphores, je mettrais en place un dispositif pour dire sans avoir été celui qui dit. Mais balancer les choses aussi brutalement…

Je remets le stéthoscope, ça continue de palabrer là-dedans : le docteur conseille au patient d'écrire. De raconter. Peut-être que ça l'aidera.

– Ce sera difficile de tout raconter, je lui réponds.

– Vous trouverez un moyen. Devenez romancier, par exemple ! Les gens qui vous liront n'ont pas besoin de tout savoir. Ils peuvent combler les trous avec leurs propres histoires. Ils en ont aussi. Ils en ont tous. C'est même avec elles qu'on a toujours quelque chose à dire plutôt que rien.

– Vous avez déjà réussi, vous, docteur, à raconter ?

– Oui. À l'instant.

– Et ça vous a aidé ?

J'arrache le stéthoscope une seconde fois. Je ne me réécouterai jamais le cœur. Puis le patient qui est moi est parti. La porte en dedans, je l'ai sentie se refermer. Clac.

Je fixe le tableau au-dessus de mon siège de médecin et j'y abandonne toute ma tristesse, tous les enfants inertes que j'ai en moi, tous les souvenirs.

Oh je pense parfois qu'il existe un monde où les patients reçoivent les médecins

Où ce sont nous qui pleurons

Où ce sont eux qui écoutent

Où on dit tout

Où on pleure tout

Un monde où je ne suis plus ce ciel qui n'arrive pas à pleuvoir

Un monde où tous les patients que j'ai vus sont là

Dans la même pièce

Et me regardent sans me juger

Leur dire mes quatre vérités.

Les larmes montent? Si seulement! Je vous les balancerais, là, toutes chaudes et fumantes, après leur trop long séjour dans le bas-fond de mon âme, je m'en déchargerais, de toute cette puanteur, et j'aurais un peu honte de le faire, vu qu'on ne se sert pas d'une autre âme pour déverser ses vieux chagrins déguenillés, même si c'est un peu mon métier d'être cette âme-là pour les autres, j'aurais vraiment l'impression de vous sauter dessus comme un blessé sur une boîte de pansements. Mais pleurer devant quelqu'un, c'est aussi un cadeau qu'on lui fait. Je ne sais même pas pourquoi j'écris ça, c'est un sentiment que j'ai. Si je pleure devant vous, là, maintenant, j'aurai comme l'impression de vous offrir quelque chose. Et si je n'y arrive pas, peut-être pourrez-vous pleurer, et je passe parmi vous, je ramasse vos larmes du bout des doigts et je me les colle sur les joues, est-ce que ça marchera quand même ? Est-ce que ça comptera pour de vrai ? On ne triche pas avec le chagrin, et je sens bien que cueillir vos sanglots ne me suffira pas.

Je sors ma Carte Vitale et je la pose devant moi. Je me vois la prendre, la passer dans le lecteur, me faire une ordonnance, peut-être pour un antidépresseur, ou pour un rendez-vous avec un psy.

Je ne sais plus vraiment si je suis le médecin ou si je suis le patient. En tout cas, l'un des deux ferme le cabinet, l'un des deux commence à traîner au hasard des rues, un peu paumé, un peu hagard. Il a mal à la tête et à l'Univers tout entier.

Un peu plus tard devant un sauna pour pédés, un endroit où des mecs se désapent et trempent leurs culs dans de l'eau chaude, en espérant baiser une âme aussi perdue qu'eux.

Je ne sais plus si je suis le patient ou le médecin, mais l'un des deux paie mon entrée : j'entre, je laisse mes habits au vestiaire, j'ignore pourquoi je fais ça, je n'ai même pas envie de baiser. Je prends une douche chaude devant tout plein de mecs nus, mais je ne pense pas vraiment à ça. Juste au grand jacuzzi, où je fais tomber lourdement mon corps, c'est bien d'être à poil, je ne peux plus rien cacher de moi. Pas longtemps après arrive un type musclé, brun, barbu, du genre qui pourrait me broyer entre le pouce et l'index. Il s'assoit à côté de mon cul, me sourit. Un joli sourire, rassurant.

Au bout de dix minutes à mariner dans la sauce, je sens son pied toucher le mien, une fois, puis deux fois, c'est le signal habituel : t'es là, je suis là, je te trouve mignon et j'ai envie de baiser si tu as envie aussi.

Sans savoir pourquoi, je retire mon pied, ce qui est le signal inverse, « j'ai pas envie », puis je m'approche de lui, je soulève son gros bras poilu, le passe autour de mes épaules, ensuite je pose ma tête contre son torse, je ne dis rien, je ferme juste les yeux, j'ai envie d'un câlin. Un peu de tendresse, et pas n'importe laquelle : de la tendresse contrôlée.

Je ne me suis pas trompé, le gars est vraiment un chic type, il ne cherche même pas à me branler un peu sous l'eau. Il pose juste sa grosse main sur ma tête, puis il la caresse, doucement, par petites tapes légères, genre « t'en fais pas, mec, ça va aller ». On reste là, comme ça, à laisser le temps passer sur nous presque une heure. Moi à écouter son cœur, lui à me dorloter sans rien exiger d'autre. L'important, c'est que je peux dire non à n'importe quel moment, je crois, mais je le fais pas, parce qu'on ne bande même pas, et c'est ça qui est beau.

Je le remercie, lui sait pas trop « de quoi », moi je le sais exactement : tu es un homme et tu as été doux, mec, et même « doux pour rien ». Il me sourit, il me sort « y a pas de quoi », mais je sais que si, y a de quoi. Je repasse par les douches, puis le vestiaire, je remets mes vêtements et sors. Je n'ai peut-être pas baisé, mais c'était sans doute les 20 balles les mieux investies de ma vie, parce qu'un grand calme se fait à l'intérieur de moi. Vous voyez, quand le ruisseau reprend sa forme après une crue ? Voilà. Même que je pense souvent à cet homme, à sa gentillesse. Je voudrais le rassurer, je n'étais pas un mec bizarre, j'étais juste comme un enfant mort qu'il a fait revenir chez lui, à sa manière, bien moelleuse et bien tendre. Et gratuite, en plus. C'est pas fréquent, les *choses gratuites* dans la vie. Y a rien de plus précieux, même. Ça peut réconcilier des coins cassés en vous qui se tirent la gueule depuis longtemps.

Après le sauna, je vais m'asseoir sur un banc. Il est dur, solide, il me soutient bien. Et le soleil au-dessus de moi est chaud. Sa lumière est douce. Il y a du bon et du beau en ce monde. On est mardi, il est midi. Si ça se trouve, le banc, le soleil, les passants pressés, les passants pas pressés, le présent tout entier, bref le monde vient d'être créé, et tous mes souvenirs aussi. C'est vertigineux d'y penser. Ce vieil homme qui promène un teckel dans un square, il vient d'exister, avec ses rides, son arthrose, sa crise de goutte et ses coronaires stentées. Comme le square. Comme les souvenirs des uns et des autres. Et moi, et tout ce que je viens d'écrire.

À quoi ça *sert* de soigner les gens, dans ces conditions ? Si tout est à recommencer chaque mardi, à quoi bon ? Est-ce que c'est ça, la vie ? Ne pas savoir ce qu'il en est du mystère des choses, et malgré tout se répéter « il faut continuer » ? J'aimerais vous décrire ce que je vois, ce que je sens, au-dehors, au-dedans, ce que j'entends, j'ai envie de capturer pour toujours la réalité matérielle qui s'étend devant moi, du promeneur fixant les eaux du fleuve au vieux peuplier fatigué de pousser vers le haut, d'inventorier chaque présence manifeste qui s'offre à moi, et d'aimer tout cela, de l'aimer comme il faut aimer les arbres, les rivières, le vent, non parce que nous voudrions absolument leur trouver une âme en les peuplant d'une signification ou d'un dessein quelconque, mais parce qu'ils sont là, dans toute leur simplicité nue, et pour aucune autre raison. Je ne sais pas comment vous traduire cela en des mots simples et intelligibles. Comme une envie subite de ne plus tricher : de reconnaître l'essence des choses pour ce qu'elle est, et non pour ce que j'aimerais qu'elle soit, c'est-à-dire apprêtée (de mots, de métaphores, de symboles, donc de sens). Aimer la vérité du monde en quelque sorte, et, à l'image de cet homme nu avec moi dans ce bain, l'*aimer pour rien*. Vous voyez ? C'est très étrange, ce qui m'arrive à ce moment-là. Je suis là, avec l'impression de trouver une réponse inédite à mes questions. Oui, bonnes ou mauvaises, le monde doit être *plein* de *plein* de choses pour être entier : qu'un seul bonheur ou qu'un seul malheur manque, et voilà notre expérience sur sa nature profonde falsifiée pour toujours. Que les enfants meurent est la preuve irréfutable que, oui, ici-bas, rien ne ment. Évidemment, cette épiphanie personnelle ne dit rien ni du grand mystère de l'existence, ni de la question du bien ou du mal, mais elle me signifie dans son langage secret, et c'est prodigieux, que les choses *sont ce qu'elles sont*, et que si elles n'étaient pas ainsi, alors ce promeneur en contemplation devant le fleuve ne serait pas exactement ce promeneur, et je ne serais plus exactement non plus ce médecin qui pense, et *pourrait* pleurer en pensant à la mort de deux enfants. Oh, Alvaro, tu as bien raison, *le monde ne ment pas*. Et l'expérience des ans aidant, est-ce que j'y parviendrai un jour, à cette prouesse-là, moi : l'aimer, ce monde, et l'aimer sans rien attendre en retour, c'est-à-dire l'aimer *pour rien* ?

J'ai encore tellement de questions en moi, et si peu de réponses. Où est-elle, la vie, hein ? Où ? Est-ce que je passe à côté de la mienne ? Pourquoi fait-on mal à nos mères en venant ? Pourquoi se fait-on *tant* de mal tout le temps ? Et où est passée notre enfance ? Et les cafés au lait de nos grands-mères ? Qu'est-ce que c'est, l'Univers ? Et quelle est ma place dedans ? Qui mangera les vers qui nous mangeront ? Pourquoi c'est dur, un clou en fer ? Et pourquoi j'ai marché dessus ? Pourquoi ça existe, la mélancolie ? Qu'est-ce qu'on pleure ? Et qui nous pleure ? Est-ce qu'on peut ramasser les larmes des autres pour les coller sur nos joues ? Pourquoi je ne me souviens pas de toute mon existence ? Dans quel trou sont tombées toutes mes plus belles années ? Où vont les larmes quand elles sèchent ? Pourquoi j'ai peur ? Où vont nos amours quand elles meurent ? Et qu'est-ce que c'est, l'exil ? Pourquoi je me sens seul, même à plusieurs ? Est-ce que quelqu'un veut bien être mon frère ? Ma sœur ? Est-ce qu'il y aura des bateaux pour moi ? Pour nous ? Un port paisible ? Où accoster enfin ? Et un joli matin ? Est-ce que tu me prêteras ta main ? Aura-t-on connu le bonheur ? Est-ce qu'on n'aura plus peur, là-bas ? Plus jamais ? Est-ce que je me pose vraiment ces questions ? Quelle est ma place dans ce grand paysage ? Et pourquoi je veux toujours, toujours, demander pardon ? Est-ce que quelqu'un écoutera ou lira ça ? Est-ce que quelqu'un écoute ou lit ça maintenant ? Est-ce que c'est seulement écrit ? L'ai-je vraiment dit à voix haute ? Est-ce que quelqu'un m'entend ? Est-ce qu'il y a quelqu'un ?

Pardon d'avoir dit tout ça.
On va enfin pouvoir pleurer, maintenant.

Du même auteur

Alors voilà. Les 1001 vies des Urgences, récit, Fayard, 2013 ; Le Livre de poche, 2015
Alors vous ne serez plus jamais triste, roman, Fayard, 2015 ; Le Livre de poche, 2016
La Ballade de l'enfant gris, roman, Mazarine, 2016 ; Le Livre de poche, 2018
Toutes les histoires d'amour du monde, roman, Mazarine, 2018 ; Le Livre de poche, 2020
N'aie pas peur, jamais, poésie, Invenit, 2020
Celle qu'il attendait, roman, Fayard, 2021 ; Le Livre de poche, 2022
La Joie et le Reste, poésie, L'Iconopop, 2021
Entre les lignes, BD jeunesse, illustrations de Dominique Mermoux, Rue de Sèvres, 2021
Histoires de coming-out, essai, avec Sophie Nanteuil, Albin Michel, 2021
Les gens sont beaux, album jeunesse, illustrations de Leng Qin, Les Arènes, 2022
On a deux yeux pour voir, album jeunesse, illustrations de Leng Qin, Les Arènes, 2023

REMERCIEMENTS

Je tiens à remercier sincèrement toute l'équipe de L'Iconoclaste, mes éditrices, Sylvie Gracia et Alexandrine Duhin, mon ami Arezki Chougar pour ses remarques et son humour inimitable, Laurent Beccaria et Sophie de Sivry pour m'avoir accueilli si bien dans cette maison d'édition que je fais mienne, les libraires qui défendent et soutiennent les auteurs et leurs ouvrages (quelle noble mission en ces temps parfois si troublés).

Enfin mes pensées vont à toutes les personnes qui luttent chaque jour pour rendre le métier de soignant plus humain et bienveillant. Vous êtes le sel de la Terre.

Aux frangines, aussi, évidemment. Toutes.

L'EXEMPLAIRE QUE VOUS TENEZ ENTRE LES MAINS
A ÉTÉ RENDU POSSIBLE GRÂCE AU TRAVAIL DE TOUTE UNE ÉQUIPE.

ÉDITION : Alexandrine Duhin et Sylvie Gracia
COUVERTURE ET CONCEPTION GRAPHIQUE : Quintin Leeds
RÉVISION : Isabelle Paccalet avec Alice Posière,
Nathalie Reignier-Decruck et Vladimir Sichler
MISE EN PAGE : Soft Office
PHOTOGRAVURE : Point 11
FABRICATION : Marie Baird-Smith
DIRECTION COMMERCIALE : Adèle Leproux
COORDINATION ÉDITORIALE : Thomas Garet
RELATIONS LIBRAIRES : Alexandra Profizi
PRESSE : Marie-Laure Walckenaer, avec Lise Chaton
COMMUNICATION DIGITALE : Alice Huguet

RUE JACOB DIFFUSION : Élise Lacaze (direction),
Katia Berry (grand Sud-Est), François-Marie Bironneau
(Nord et Est), Charlotte Jeunesse (Paris et région parisienne),
Christelle Guilleminot (grand Sud-Ouest), Laure Sagot
(grand Ouest), Diane Maretheu (coordination), Charlotte Knibiehly
(ventes directes) et Camille Saunier (librairies spécialisées)

DISTRIBUTION : Interforum

DROITS FRANCE ET JURIDIQUE : Bertille Comar
et Geoffroy Fauchier-Magnan
DROITS ÉTRANGERS : Sophie Langlais et Ella Bartlett
DROITS AUDIOVISUEL, THÉÂTRE, PODCAST : Alba Beccaria
et Geoffroy Fauchier-Magnan
ACCUEIL ET LIBRAIRIE : Laurence Zarra et Lucie Martino
ENVOIS AUX JOURNALISTES ET LIBRAIRES : Vidal Ruiz Martinez
COMPTABILITÉ ET DROITS D'AUTEUR : Christelle Lemonnier,
Camille Breynaert et Christine Blaise
SERVICES GÉNÉRAUX : Isadora Monteiro Dos Reis

L'ensemble de cet ouvrage a été réalisé dans le respect des règles environnementales en vigueur. Il a été imprimé par un imprimeur certifié Imprim'vert, sur du Lac 2000 PEFC pour l'intérieur et une carte Crescendo PEFC pour la couverture.

Achevé d'imprimer sur Roto-Page
par l'Imprimerie Floch à Mayenne en octobre 2023

ISBN : 978-2-37880-382-7
Numéro d'impression : 103519
Dépôt légal : octobre 2023

En France, un livre a le même prix partout. C'est le « prix unique du livre » instauré par la loi de 1981 pour protéger le livre et la lecture. L'éditeur fixe librement ce prix et l'imprime sur le livre. Tous les commerçants sont obligés de le respecter. Que vous achetiez votre livre en librairie, dans une grande surface ou en ligne, vous le payez donc au même prix. Avec une carte de fidélité, vous pouvez bénéficier d'une réduction allant jusqu'à 5 % applicable uniquement en magasin (les commandes en ligne expédiées à domicile en sont exclues). Si vous payez moins cher, c'est que le livre est d'occasion.